AF202615

Tucholsky Wagner Zola Scott Sydow Freud Schlegel
Turgenev Wallace Fonatne Fouqué Friedrich II. von Preußen
Twain Walther von der Vogelweide Freiligrath Frey
Weber Kant Ernst
Fechner Fichte Weiße Rose von Fallersleben Richthofen Frommel
Hölderlin
Engels Fielding Eichendorff Tacitus Dumas
Fehrs Faber Flaubert
Eliasberg Ebner Eschenbach
Feuerbach Maximilian I. von Habsburg Fock Eliot Zweig
Ewald Vergil
Goethe Elisabeth von Österreich London
Mendelssohn Balzac Shakespeare Dostojewski Ganghofer
Trackl Lichtenberg Rathenau Doyle Gjellerup
Stevenson Hambruch
Mommsen Tolstoi Lenz Droste-Hülshoff
Thoma Hanrieder
Dach von Arnim Hägele Hauff Humboldt
Reuter Verne Rousseau Hagen Hauptmann Gautier
Karrillon Garschin Baudelaire
Damaschke Defoe Hebbel
Descartes Hegel Kussmaul Herder
Wolfram von Eschenbach Dickens Schopenhauer Rilke George
Darwin Melville Grimm Jerome Bebel Proust
Bronner Aristoteles
Campe Horváth Barlach Voltaire Federer Herodot
Bismarck Vigny Gengenbach Heine
Storm Casanova Tersteegen Grillparzer Georgy
Lessing Gilm
Chamberlain Langbein Gryphius
Brentano Lafontaine
Strachwitz Claudius Schiller Kralik Iffland Sokrates
Schilling
Katharina II. von Rußland Bellamy Raabe Gibbon Tschechow
Gerstäcker
Löns Hesse Hoffmann Gogol Wilde Vulpius
Gleim
Luther Heym Hofmannsthal Klee Hölty Morgenstern
Roth Heyse Klopstock Kleist Goedicke
Luxemburg Puschkin Homer
La Roche Horaz Mörike Musil
Machiavelli Kierkegaard Kraft Kraus
Navarra Aurel Musset Moltke
Nestroy Marie de France Lamprecht Kind Kirchhoff Hugo
Laotse Ipsen Liebknecht
Nietzsche Nansen
Marx Lassalle Gorki Klett Ringelnatz
von Ossietzky Leibniz
May vom Stein Lawrence
Petalozzi Irving
Platon Knigge
Pückler Michelangelo Kafka
Sachs Poe Kock
Liebermann Korolenko
de Sade Praetorius Mistral Zetkin

Der Verlag tradition aus Hamburg veröffentlicht in der Reihe **TRADITION CLASSICS** Werke aus mehr als zwei Jahrtausenden. Diese waren zu einem Großteil vergriffen oder nur noch antiquarisch erhältlich.

Symbolfigur für **TRADITION CLASSICS** ist Johannes Gutenberg (1400 — 1468), der Erfinder des Buchdrucks mit Metalllettern und der Druckerpresse.

Mit der Buchreihe **TRADITION CLASSICS** verfolgt tradition das Ziel, tausende Klassiker der Weltliteratur verschiedener Sprachen wieder als gedruckte Bücher aufzulegen – und das weltweit!

Die Buchreihe dient zur Bewahrung der Literatur und Förderung der Kultur. Sie trägt so dazu bei, dass viele tausend Werke nicht in Vergessenheit geraten.

Mein braunes Buch

Hermann Löns

Impressum

Autor: Hermann Löns
Umschlagkonzept: toepferschumann, Berlin

Verlag: tradition GmbH, Hamburg
ISBN: 978-3-8424-6918-1
Printed in Germany

Ziel der TREDITION CLASSICS ist es, tausende deutsch- und
fremdsprachige Klassiker wieder in Buchform verfügbar zu
machen. Die Werke wurden eingescannt und digitalisiert. Dadurch
können etwaige Fehler nicht komplett ausgeschlossen werden.
Unsere Kooperationspartner und wir von tredition versuchen, die
Werke bestmöglich zu bearbeiten. Sollten Sie trotzdem einen Fehler
finden, bitten wir diesen zu entschuldigen. Die Rechtschreibung der
Originalausgabe wurde unverändert übernommen. Daher können
sich hinsichtlich der Schreibweise Widersprüche zu der heutigen
Rechtschreibung ergeben.

Text der Originalausgabe

Hermann Löns

Mein braunes Buch

Heidegeschichten

Jürn

Auf dem braunen Heidkopfe, zwischen den krüppligen Fichten und Machangeln tauchen graue Flecke auf, vermehren sich, vergrößern sich, ziehen sich auseinander und fließen zusammen.

Zwischen ihnen, vor ihnen, hinter ihnen, bald hier, bald da, ist ein weißer und ein schwarzer Fleck; oben auf dem Heidekopfe, höher als die Fichtenklumpen und die Machangelbüsche, taucht ein dunkler Fleck auf.

Das ist Jürn, der Schnuckenschäfer vom Dieshofe; das weiße und das schwarze Ding, das sind Schimmel und Wasser, seine Hunde; das graue Gewimmel sind die Schnucken.

Fünfhundert sind es im ganzen mit den Lämmern; sie sind Jürns Stolz, Jürns Leben, Jürns Welt. Weit und breit ist keine Schnuckenherde, die auch nur halb so groß ist wie die vom Dieshofe. Der Papst hat mächtig viel Geld, und der Kaiser ist Herr über eine Masse Soldaten, aber solche Schnuckenherde haben sie doch nicht.

Die Menschen sind unterschiedlich; welche fahren in feinen Jagdwagen oder auch in den neumodischen Wagen ohne Pferde; welche haben Land und welche keins. Der Oberförster hat die schönste Frau weit und breit, und die Wietzer Bauern haben das Geld in Kartoffelsäcken; aber solche Schnuckenherde wie diese hier hat keiner.

Es gibt helle Menschen und dösige; einmal war ein Naturforscher hier, der kannte jegliches Getier und alles Kraut mit Vor- und Zunamen, und früher kam einer oft hierher, der kannte alle Steine und wußte zu sagen, warum hier die Heide so buckelig ist und da unten so eben; in Celle wohnt ein Mann, der weiß alle Gesetze auswendig, und der Pastor versteht die Judenschrift zu lesen, aus der sonst kein Mensch klug wird; aber es soll einmal einer kommen und sich in den Schnucken hier auskennen, und er wird bald sehen, daß sein Wissen Stückwerk ist.

Jürn aber kennt jedes Stück von der Herde. Es soll ihn nur einer fragen, und er sagt ihm ganz genau, wie alt das Stück ist, ob es schon krank war, ob es schon gelammt hat, ob es folgsam ist oder ob erst Schimmel und Wasser dahinter müssen, ehe es tut, was es soll. Der Bock da bei dem Sandloch, das ist ein richtiger Säufer. Jürn darf bloß da hüten, wo der Brahm wächst, weg ist der Bock und frißt sich duhne und dicke an dem jungen Brahm, bis er voll wie ein Pole daliegt. Nach drei Tagen ist er dann wieder da und tut nichts als Wasser saufen. Er wäre schon längst beim Schlachter, aber er ist der stärkste Bock in der Herde, ein wahrer Prachtbock. Sein Bruder war ebenso.

Wenn Jürn an diesen Bruder denkt, dann schmustert er vor sich hin. Es war auch so sonderbar, wie dieser Bock zu Tode kam. Er soff auch, das lag in der Familie; denn der Vater war auch schon so. Und seinen eigenen Kopf hatte er auch. Immer abseits, immer von der Herde weg. Auf Brahm war er rein verrückt. Das war denn sein Tod. Denn in dem großen Brahmfeld stand auch der große Haarbock, hinter dem der Jäger aus Hamburg immer her war. Und endlich kriegte er ihn und schoß ihn tot. Und dann kam er über die Heide und gab Jürn fünf Taler, weil es nicht der Haarbock war, sondern der Schnuckenbock. Das war ein gutes Geschäft, fünf Taler, und den Bock konnte Jürn auch noch behalten.

In den Städten wohnen merkwürdige Völker; die schmeißen nur so mit dem Gelde. Seitdem es in den Städten Mode ist, in die Heide zu gehen, wenn sie blüht, kriegt Jürn mehr von ihnen zu sehen, auch Frauensleute. Die fragen Jürn dann ein Loch in den Strumpf, ob es nicht langweilig ist, den ganzen Tag so herumzustehen und zu knütten, und wieviel er im Jahre verdiene, und warum er nicht etwas anderes geworden sei, und was eine Schnucke koste.

Es scheinen meist ganz ehrenwerte Leute zu sein, aber so ganz gescheut sind sie doch nicht. Es sieht ja ganz niedlich aus, wenn die Heide am Blühen ist, aber wenn man da nichts zu tun hat, als Schnucken zu hüten, nach den Immen zu sehen oder Plaggen zu hauen, dann bleibt ein vernünftiger Mensch da doch lieber weg und läuft nicht in Regen und Sonne herum wie unklug.

Unkluge Gäste sind es doch, die Stadtleute. Sechs Zigarren hat ihm vorigen Herbst einer gegeben, und feine, mit rotem Papier um die Mitte. Die kosten doch mindestens einen halben Groschen das Stück. Und der Mann, der im April hier war und der ihn eigens auf dem Hofe aufsuchte und ihn nach allerlei Vogelzeug fragte, nach dem Rauk und dem Pupphahn und dem schwarzen Storch, und der sich das alles aufschrieb, der gab ihm sogar ein ganzes Dutzend. So gehen die Stadtleute mit dem Gelde um.

Zwei Male war Jürn in der Stadt, in Celle, aber keine zehn Pferde kriegen ihn wieder dahin; ganz benaud ist ihm zu Sinne geworden von den Menschen und Soldaten und Wagen und Velozipeden. Und als er in der Wirtschaft, in die ihn der Jäger mitgenommen hatte, sein Essen aus der Tasche holen wollte, da sagte der, das ginge hier nicht, und bestellte etwas zu essen und zu trinken. Das schmeckte ja wohl nach allerhand, aber es hielt nicht vor, obzwar der Jäger einen heilen Taler dafür ausgab; und als sie dann im Französischen Garten waren, da war Jürn froh, daß er sein Brot und seine Wurst bei sich hatte und wieder vernünftig über den Daumen essen konnte.

Er wäre nie in die Stadt gekommen, wenn er nicht gemußt hätte; das war nämlich so gekommen. Er hatte im Faulenfelde gehütet, und da war ein Schuß gefallen, und da war er nach dem Anberge gegangen und hatte nach dem Jäger ausgesehen, und da waren da zwei Männer aus der Fuhrenbesamung gekommen, die er nicht kannte. Der eine hatte einen zusammengerollten Sack unter dem Arme, das war der Alte, der hatte einen griesen Bart, und der andere, was der Junge war, der mit dem Schnurrbart, der hatte einen Sack über dem Rücken; und als die Männer meist am Königlichen waren, da war der Jäger gekommen und hatte ihn gefragt, ob er die Männer gesehen hätte, und dann fragte er, ob er sie wiederkennen würde. Und drei Wochen nachher bekam er eine Vorladung nach Celle zum Amtsgericht, und er hatte sich mächtig darüber verjagt.

Aber es war alles nicht so schlimm, wie es sich erst anließ. Der Oberste von den Gerichtsherren, der mit dem langen schwarzen Pastorenrock und der unklugen schwarzen Kappe, der war ja nun wohl erst ein bißchen grob geworden, als Jürn sich nicht gleich auf seinen Vaternamen besinnen konnte; aber das war doch kein Wunder, immer hieß er bloß Jürn, und so hatte er ganz vergessen, daß er ein Dies war. Und schließlich hatte der Richter mächtig lachen müssen, als er ihn fragte, ob er mit den Angeklagten, das waren nämlich Celler Mascher und geschworene Wildschützen, verwandt oder verschwägert sei, und er gesagt hatte, wie es wohl möglich sei, daß er mit Leuten verwandt sein könne, die er gar nicht kenne.

Als dann alles zu Ende war, da fragte ihn ein Mann in Uniform, ob er Verdienst versäumt habe; denn dann bekäme er Geld. Und nun wußte er, woher die Leute in der Stadt alle das scheußlich viele Geld herhaben: sie gehen auf das Gericht und lassen die Arbeit liegen, und das kriegen sie dann gut bezahlt; und dann sind welche da, die reden vor Gericht den Angeklagten lauter Schlechtigkeiten nach, und andere reden lauter Gutes über sie, und dafür kriegen sie auch Geld. Und einer sitzt da, der schreibt alles auf, und das wird ihm auch bezahlt. Und schließlich ist es so: der eine betrügt den anderen, und das nennen sie Umsatz.

Aber es gibt auch ganz vernünftige Leute in der Stadt. Da war auf dem Gericht ein junger Mann, der hatte das ganze Gesicht voll Narben, der kannte den Jäger und ging mit ihm in das Wirtshaus. Er machte sich aus Papier und fuchsigem Tabak Zigarren, die stanken sieben Meilen gegen den Wind, aber sonst war er nicht uneben, und als einer von den Kellnern über Jürn lachte, da sah er ihn bloß an, und der Kellner war gleich ganz anders zu Jürn und sprang um ihn herum wie ein Zinshahn.

Dieser junge Mann war Erbe von einem großen adeligen Hofe und lernte die Gerichtskunde bloß, daß ihn nachher, wenn er den Hof hatte, die Leute nicht betrügen sollten; das ist sehr vernünftig, denn es geht nirgendwo toller her als auf der Welt. Und was der für einen Hund hatte, gelbbunt wie Brinckmanns Kater und so hoch wie der Tisch, und der konnte wahrhaftig Bier trinken als wie ein Mensch.

An dem jungen Mann hatte Jürn seine Freude; der fragte genau, wieviel Morgen beim Dieshofe seien und wieviel davon unter dem Pfluge wären und wieviel zu Wiesen gemacht seien, und am meisten fragte er nach den Schnucken; davon konnte er nicht genug hören. Und eines schönen Donnerstags kam er in die Stuken, wo Jürn gerade hütete, und blieb den ganzen Nachmittag bei ihm und verehrte ihm ein schönes Messer, an dem waren zwei Klingen, ein Pfriem, ein Pfropfenzieher und ein Stahl zum Feuerschlagen, so daß sich Jürn nun keine Streichhölzer mehr zu kaufen brauchte, was ihn immer geärgert hatte.

Das ist eine ganz dummerhaftige Erfindung; so ein Streichholz ist schnell angebrannt und halb brennend wird es weggeschmissen, und nachher kommt dann Feuer in der Heide aus, wie vor drei Jahren, wo ihm vier Lämmer in den Flammen umkamen. Müßten die Menschen erst Stein und Stahl und Zunder nehmen, um sich die Zigarre anzustecken, dann würden sie nicht so wild mit dem Feuer umgehen; denn das ist nicht so einfach, vorzüglich bei starkem Winde.

Aber in der Stadt wollen sie alles so bequem haben, und davon kommt dann alles Unglück. Es vergeht doch wohl kein Jahr, daß es in Celle nicht brennt oder daß ein Mensch auf schreckliche Weise zu Tode kommt. Jürn weiß heute noch, wie ihm zumute war, als er auf dem Gerichte die Treppe hinaufsteigen mußte; hätte ihn der Jäger nicht an der Hand gefaßt, es wäre nicht gegangen. Aber das Schlimmste, das kam nachher, als es hieß, die Treppe wieder hinunterzuklettern; ordentlich schwindlig wurde ihm, und zwei Mann mußten ihn halten, und es ging überhaupt erst, als er rückwärts hinunterging und sich dabei vorredete, er sei auf der Leiter im Schafkoben.

Nein, das mit der Stadt, das ist nichts, und wer da nicht hingehört, der soll da fortbleiben. Jürn bleibt auf seiner Heide, wie seine Schnucken. Schon wenn er einmal über das Feld geht, so paßt ihm das nicht; es ist ihm so wie mit den Schnucken; die kriegt man nicht mit Gewalt über die Grenze. Vor zehn Jahren kaufte einmal ein Schlachter zehn Schnucken und schickte einen Mann, der sollte sie nach Eschede treiben. Als ihn der Bauer fragte, ob er ihm die Schnucken nicht lieber hinfahren solle, hatte der Mann gelacht und gesagt, das ginge auch so. Nach vier Stunden kam er wieder und schwitzte wie ein Stück frische Butter; rein unglücklich hatte er sich geschrien und halb krank hatte er sich gelaufen. Bis an die Grenze vom Dieshofe waren die Schnucken gutwillig mitgegangen, sagte er; aber sowie sie an die Grenze kamen, dann standen sie wie die Bäume und machten dumme Gesichter und blökten, und dann umgedreht und zurück. Kein Zureden und kein Schmeißen hätte geholfen, und er sähe wohl ein, es ginge nicht anders, und er müßte doch wohl einen Wagen nehmen.

Jürn geht es genauso, ohne Wagen kommt er nicht über die Grenze. Damals, als er sich stellen mußte, hatte er auch gedacht, es ginge so, aber es ging nicht. Nach einer Stunde hatte er sich Blasen gelaufen, und er hatte eine Hundeangst gehabt, daß er sich verlaufen könne und nicht mehr nach Hause zurückfände. Da war er wieder umgedreht und hatte anspannen lassen. Und die ganze Schererei war für die Katze; sie konnten ihn bei den Soldaten nicht gebrauchen, weil er halbäugig war. Das eine Auge hatte er sich als Hütejunge an einem Dorn blind gestochen, als die Kuh vor den Wespen ausriß und ihn hinter sich herzog; denn er hatte sich den Hütestrick um den Leib gebunden.

Damals hatte er mächtig geweint, aber nachher war er heilfroh, daß er nur ein Auge hatte; was wäre aus ihm geworden, wenn er hätte Soldat werden müssen, und wie wäre es seinen Schnucken gegangen? Einen Schnuckenschäfer hätte der Bauer für Geld und gute Worte nicht bekommen; denn die Schnuckenschäfer sind dünn gesäet, und wo sie sind, da bleiben sie; die gehören zu dem Hofe. Einen neuen Pastor kriegt man bald, aber einen neuen Schnuckenschäfer nicht.

Jürn weiß es noch, wie scheußlich ihm zu Sinne war, als er bei dem großen Rosenbusch im Graben saß und sich seine Füße besah. Unter jedem Hacken eine Blase, so groß wie ein Taler, und unter dem Ballen auch eine. Es ist ein anderes Ding, Schritt für Schritt über die Heide zu gehen und sich alle Augenblicke auszuruhen, als wie unklug auf der Chaussee einherzuwanken. Wenn der Mensch aus der Gewohnheit kommt, dann hält er nicht stand. Und wenn er Soldat geworden wäre, hätte er sterben müssen, das weiß Jürn jetzt ganz sicher. So war es ganz gut, daß die Kuh damals wild wurde und durchging.

Auch in anderer Weise hatte das sein Gutes. Auf dem Dieshofe diente ein Mädchen, das mochte Jürn gern leiden; sie war nicht groß und nicht klein, nicht dick und nicht dünn und hatte gelbe Haare, wie Honig, und sie war still und immer zufrieden und bannig fix in der Arbeit. Und sie mochte Jürn auch wohl. Mit dem Gelde wäre es schon gegangen; denn sie hatte eine gute Aussteuer und dreihundert Taler Abfindungsgeld auf der Sparkasse und noch gespartes

Geld, und Jürns Abfindung vom Dieshofe war auch nicht unter dreitausend Taler.

Aber wie die Frauensleute so sind, sie wollte mit Gewalt, Jürn solle nach Hannover fahren und sich ein Auge aus Glas einsetzen lassen; aber Jürn hatte gesagt, lieber lasse er die ganze Freierei, als daß er auf der Eisenbahn fahre, und so wurde aus der Sache nichts. Nachher freite das Mädchen, Dettma hieß sie, einen Forstaufseher und kriegte zehn lebendige Kinder. Das wäre etwas für Jürn gewesen, zehn Kinder. Und wenn er bedenkt, wie es ihm hätte gehen können, dann ist er sehr zufrieden, daß er damals auf seinem Kopfe bestand.

So ganz leicht war es ihm nicht geworden; denn die Dirne saß ihm mächtig im Sinne, und als sie ging, fehlte ihm doch allerlei. Aber darüber kam er bald hinweg, dafür sorgten die Schnucken schon. Auf die muß man den ganzen Tag passen, daß sie nicht auf die Wiesen oder in das Bruch laufen und hinterher Egel in die Leber bekommen; und Regen ist ihnen auch nicht gut, und so muß Jürn auch auf den Himmel passen und auf die Bienen; denn je nachdem die fliegen, wird das Wetter.

Darauf versteht sich Jürn ganz gewaltig. Wenn der Schwarzspecht lacht, dann gibt es Regen; wenn die grünen Frösche auf dem Lande sitzen, bleibt das Wetter; wollen die Bienen nicht fliegen, dann muß man das Heu einfahren; wenn der alte Bock mehr Gras als Heide frißt, gibt es Landregen. Am sichersten ist es aber, man richtet sich nach den Spinnen; je nachdem die weben, so wird es.

Das alles kann aber nur ein Mensch wissen, der immer auf der Heide ist, sommertags und auch im Winter. Im Winter ist es oft langweilig, vorzüglich bei Schlackschnee und Regen, wenn die Schnucken nicht herauskönnen. Dann liegt Jürn auf dem Hofe herum, ist jedermann im Wege, schmökt sich vor Langweiligkeit ungesund und kommt vor Nichtstun ganz aus der Kehr; denn das mit der Arbeit auf dem Hofe, das hat er längst verlernt. Als Hütejunge fing er an; erst bei den Gänsen, dann bei den Kühen, dann ging er mit Ohm Hein hinter den Schnucken und nachher allein.

Jetzt fällt es ihm ein, daß Hein seines Vaters Bruder war, aber sie hatten ihn immer nur Hein geheißen, wie sie ihn auch nur Jürn rufen, obzwar er doch jetzt auch der Ohm ist, weil seines Bruders

Sohn den Hof hat. Der zweite Sohn heiratet jetzt auf einen Hof, und der dritte, der Nachkömmling, der gegen alle Abmachung auf die Welt kam und die ganze Rechnung verdarb, der heißt wieder Hein.

Das ist Jürns Liebling; er ist ein Junge von wenig Worten und liegt jede Stunde, die ihm die Schule frei läßt, bei ihm auf der Heide. Daß er einmal die Schnucken hütet, das ist gewiß. Und darum macht es Jürn auch nicht viel aus, daß ihm im Winter so oft der Rücken anwächst, und daß ihm bei Nebel der Atem kurz wird.

Geht es einmal mit ihm zu Ende, dann sind die Schnucken nicht verlassen und brauchen nicht abgeschafft zu werden, weil keiner zu haben ist, der sie hütet, denn Hein ist da. Und die Schnucken, das ist doch das Haupt; alles andere ist Jürn gleich.

Um die Ulenflucht

Hinter den schwarzen Kanten der hohen Fuhren verschwand die rote Sonne; ein Weilchen noch war alles Glut und Glanz, Feuer und Flamme, jetzt ist es abgeblaßt in des Ringeltaubers Farben.

Ich habe diese Stunde lieb und fast noch lieber das weiche, warme, tieftönige Wort, das unsere Bauern dafür erdichteten. Ulenflucht nennen sie die Zeit, wenn der Tag müde hinter schwarze Wälder sinkt und die Nacht heraufschwebt, in den graublauen, hellrot gesäumten Mantel gehüllt, den ein einziger großer Funkelstein zusammenhält, der Abendstern.

Es muß ein großer Dichter gewesen sein, der dieses Wort erfand. Vielleicht nur ein geringer Knecht, ein Mann der harten, einförmigen Arbeit, der nie in seinem Leben ein Lied schrieb, eine Strophe erdachte. Aber in diesem einen Worte ist mehr Kunst als in vielen Büchern, in denen Lieder gedruckt sind.

Es ist ein großes Kunstwerk, dieses Wort; denn es gibt soviel. Es bringt heilige Schauer wie die ernsten Bildsäulen der unbekannten ägyptischen Meister; es schenkt dem Herzen selige Träume wie eins der großen Werke Böcklins, es trägt mich hinauf zum Himmel und führt mich hinab zur Hölle wie Beethovens hohe Melodien.

Wenn die Ulenflucht naht, dann werde ich anders in der Stimmung; Heiterkeit wandelt sich in Ernst, Verdruß in Feindseligkeit, beengtes Denken in unbegrenztes Ahnen.

Nie bin ich im Geiste da, wo ich bin um diese Zeit. Aus schwarzen Dachumrissen werden dunkle Baumwipfel; den Kauz höre ich rufen aus dem Geheul der Fabriksirenen, und heimliches Blättergeflüster erklingt aus dem Geräusch der Großstadt.

Bin ich aber draußen im stillen Holz, im einsamen Moor, dann wandelt sich die ferne Waldeswand zur Stadt um; des Kauzes Ruf klingt mir wie das gellende Jauchzen der Fabrikpfeifen, die eines schweren Arbeitstages Ende verkünden, und im Blättergeruschel höre ich Seufzer von Menschen, die der schwarzen Nacht entgegenbangen.

Seltsamen Zauber übt diese Stunde auf mich aus. Gestern um diese Zeit, zwischen frohen Gesichtern im festlichen Saal, da waren meine Augen auf einmal weit weg. Ich hörte die Maus im Fallaub pfeifen, sah die weißen Motten tanzen und die schwarzen Fledermäuse taumeln, hörte es um mich herum rispeln und rascheln, knistern und knirren.

Da, wo ich heute bin, waren meine Gedanken, in diesen stillen Wald zogen sie, wo die Schummerstunde nahte mit leisem Tritt und Tag und Nacht die Hände gab, die eine heranziehend, den andern mit sich fortnehmend, beide verbindend und trennend.

Nicht der Sonnentod ist es, der mir dann das Herz weit macht; die Viertelstunde nachher, die blaßgraue, liebe ich mehr, mit ihren leisen, langsamen Übergängen; wenn alle Umrisse sich verwischen, alle Einzelheiten vergehen, wenn die Kleinigkeiten die Augen nicht mehr stören und das Herz dem großen Eindruck sich öffnen kann.

Nur deshalb liebe ich die Jagd so. Nichts bringt uns der Natur so nahe wie diese Viertelstunde zwischen Tag und Nacht, und nur die Jagd ist es, die uns dazu erzieht, diese kurze Spanne Zeit zu verstehen in ihrer großen Feierlichkeit, in ihrer geheimnisvollen Andacht.

So wundervoll hell und sonnig war es vor einer Stunde hier; im alten Laube leuchteten gelbe und weiße Sterne, rundherum sang und klang, pfiff und trillerte es aus Hunderten von kleinen Kehlen, in der breitästigen alten Eiche jauchzte der Schwarzspecht sein wildes Liebeslied, der Tauber schwebte klatschend über den Kronen und rief tief und zärtlich seiner Taube.

Jetzt ist all das laute Leben verstummt; der letzten Drossel Weise verklang. Rotkehlchens Silberlied erstarb; ein Mausepfiff im Dürrlaub, ein Kiebitzschrei vom Moor, ein Rebhahnruf vom Felde kommt dann und wann zu mir heran. Aber die verlorenen Laute machen die Stille nur noch stummer, sie sind wie einzelne Sterne am tiefen dunklen Nachthimmel.

Vor mir im Westen, wo über dem feinen Gezweig der Birken der Himmel rötlich schimmert, taucht ein feines Silberpünktchen auf, verschlafen blinzelnd; hinter mir, tief im Holze, klingt ein hohles, dumpfes Rufen; die Eule grüßt den Abendstern.

Heller schimmert der Stern, glüht aus Silber zu Gold um, lauter ruft der Kauz, verstärkt sein dumpfes Rufen zu gellendem Jauchzen.

Die stille Stunde ist gekommen, die Stunde, da es umgeht im Walde. Überall rispelt und raschelt es verstohlen, rundherum knickt und knackt es schüchtern; was die Sonne bannte und der Tag band, wagt sich hinaus; heimliches Leben, scheues Weben wird kühn und sicher.

Die tagfrohen Wesen zittern um diese Zeit. Ängstlich drückt sich die Ammer im Winterlaub der Jungeiche an den Stamm, klein macht sich der Sperber auf seinem Ast, Todesangst klingt aus dem Schrei der verspäteten Krähe, der ziehenden Kraniche Ruf ist voller Furcht und der streichenden Drossel Pfiff von Bangigkeit erfüllt.

Meine hellen Sonnengedanken schauern zusammen und verkriechen sich irgendwohin, wo ich sie nicht mehr auffinden kann; große, schwarze Träume steigen aus den Tiefen der Seele, lautlos dahintaumelnd in unstetem, haltlosem Flug, wie Fledermäuse, stark und frei sich dahinschwingend, wie die Vögel der Nacht; und wenn sie durchdringend schrillen, gellend rufen, dann kriechen die hellen Gedanken noch scheuer zusammen.

Auf der Brandrute vor mir brauen die Nebel; bleiche Schatten schleppen sich müde den Weg entlang; im Unterholz klingt ein röchelndes, hohles Husten; ein zögernder stolpernder Schritt tappt schwer durch den Stangenort, ein Krachen ertönt, ein Sturz; etwas Totes fiel in das faule Laub; gellend ruft der Kauz sein dunkles Lied.

Ich fasse den Kolben fester und spähe über alle Wipfel, ob die Schnepfe nicht kommt, denn ihretwegen bin ich hinausgegangen; die Jagdlust hat mich in den Wald geführt. Das sage ich mir laut vor in Gedanken; denn langsam tappt das Grauen auf mich zu durch die Stille des Waldes.

Näher bei mir im Holze heult jetzt der Kauz; wie lauter blutrote Wellen sehe ich sein Lied hinter ihm herfließen; seine tiefschwarzen Augen glühen.

Ich höre, wie er hinter mir die weichen Flügel laut klatschend zusammenschlägt; damit jagt er den Vogel aus dem Schlaf; er hört ihn flattern auf dem Zweige, reißt ihn aus dem Versteck und meuchelt den Schlaftrunkenen mit seinen Dolchklauen. Gellend lacht er über mir. Ich fahre zusammen, als wäre eine Rieseneule über mir mit weitschattenden Flügeln, ihre dolchbewehrten Griffe über meinem Genick öffnend. Mitten im Knospen und Treiben, Blühen und Schwellen des Frühlingsabends höre ich das blutrote Lachen des Todes hinter mir. Und dann, wie es kam, ich weiß es nicht mehr. Ein dünnes, schrillendes Pfeifen war vor mir, ein dumpfes, tiefes Murken über mir, zwei Schatten zickzackten unter dem Abendstern über die Birken hinweg, ein Feuerstrahl riß ein Loch in den Abendhimmel, ein Donner verjagte das Schweigen im Walde, und aufatmend nehme ich die Schnepfe vom Boden auf, die ich tötete aus Angst vor der Todesangst.

Gelassen gehe ich durch die bleichen Nebel des schwarzen Weges. Die Schauer der Ulenflucht ließ ich hinter mir. Die Waffe, die ich hatte, und das Ziel, sie retteten mich vor ihren Gespenstern.

Eine Waffe und ein Ziel. Hat man das, dann verliert die Ulenflucht alle ihre Schrecken, die Ulenflucht trüber Stunden, des kommenden Alters Dämmerung.

Eine Waffe, die Arbeit, ein Ziel, seinen Platz auszufüllen in diesem Leben, so gut wie man kann, die einzigen Mittel sind es gegen unsere große Angst in der Ulenflucht.

Im roten Post

Auf der Lüneburger Heide ging ich auf und ging ich unter. Es will mir nicht aus dem Kopfe, dieses alte Schelmenlied, die ganzen drei Tage, die ich hier im Moor bin.

Es hat eine so sorglose, jenseits von Pflicht und Verantwortung stehende Singweise, und die paßt ganz auf mich.

So weit der Himmel blau und der Post rot ist, gehört mir die Welt; kein Mensch kümmert sich um mich und keinem frage ich nach.

Gestern abend, als die Sonne hinter den Birken am Himmelsrand schlafen ging und das weite Moor eine einzige kupferrote, veilchenblau abgeschattete Fläche war, summte ich es wenigstens in Gedanken, und jetzt, zwei Uhr früh, flöte ich es laut im einsamen Ochsenstall, in dem ich die kurze Nacht im Schlafsack verbrachte.

Licht spendet mir die Fahrradlampe. Einzelne Mücken kommen durch die Tür nach dem Lichtschein, in den Ecken pfeifen die Mäuse; draußen klagt die Mooreule, in den Pümpen plärren die Poggen.

Ich sehe in die helle Nacht hinaus; alle Sterne funkeln, und der Mond steht blank am Himmel, der Bach kluckst und murmelt, im Schilf schwatzt ein Vogel.

Bei dem Frühstück denke ich an den gestrigen Tag, an die roten, sonnendurchglühten Postbüsche, an die fahlgrünen Wiesen, auf denen die goldenen Kohmolken leuchteten, an die weißen Weihen, die über die roten Flächen strichen, an die ganze Schönheit des ersten hellen Tages nach zwei aschgrauen.

Aber auch da war ich froh, als eintönig der warme Regen herabrieselte, als des Kolüts lautes Geflöte nicht aufhören wollte, als das Moor braun war und tiefviolett. Wenn ich in Regenkittel, Lodenhut und Transtiefeln bin, dann macht Regenwetter mich lustig, so lustig, daß ich flöte: Auf der Lüneburger Heide.

Ich freue mich wie ein Kind auf den sonnigen Morgen; da wird der Post nur so herauslodern aus den weißen Nebelschleiern; ein Fest wird es geben für meine Augen.

Die blühende Heide zu besuchen, das ist Mode geworden seit einiger Zeit; das blühende Postmoor aber kennt niemand, keiner fährt hinaus, seine Augen zu weiden am Kupferrot seiner Büsche, am Gold der Weiden, am Silber des Wollgrases, und den Duft einzuatmen, der aus dem Post aufsteigt und von den jungen Birken kommt.

Denn naß ist es da, und zu weit sind die Wege zu der Bahn, die Mücken sind zu schlimm da, und die giftige Adder liegt zusammengerollt am braunen Damm.

Vielleicht aber ist mir darum das Postmoor so lieb, weil ich da so ganz mein eigener Herr bin, weil mir da keine Seele in die Möte kommt; seit vorgestern morgen habe ich keinen Menschen gesehen.

Hier, wo ich jetzt gehe, stand ich vor acht Tagen. Vor mir äste sich auf vierzig Gänge der alte Hauptbock, der drüben in dem Fichtenhorst an der Beeke seinen Stand hat; er war gut bei Leibe und sein Gehörn war blank. Ein Fingerdruck, und er lag da; ich konnte ihn in die Fichten hängen bis zum ersten Mai.

Mir kam der Gedanke gar nicht. Wo kein Kläger ist, ist kein Richter, heißt es, aber gerade dann reizt auch nichts zur Übertretung; es wäre Feigheit.

Drüben schimpft der alte Graukopf; er hat Wind von mir bekommen, dröhnend klingt sein Baß durch die stille Nacht. Ich antworte ihm in hellem Schmalrehdiskant; da verstummt er. Wahrscheinlich überlegt er sich den Fall: ein Schmalreh, das Menschenwitterung hat? Merkwürdig!

Auch der Mooreule komme ich sonderbar vor; dreimal streicht sie über mich hin, daß ich das Wehen ihrer Samtfittiche spüre; ein Machangelbusch, der weitergeht, das ist ihr noch nicht vorgekommen.

Im Ellernbusch schlägt die Nachtigall; aus den Fichten an der Beeke antwortet ihr eine; das Lied paßt nicht in das Postmoor. Was der Kolüt da oben pfeift und trillert, der Sang voll jauchzender Sehnsucht und wehmütigen Jubels, das gehört hierher.

Durch den schwarzen Fichtenhorst geht der Damm. Da unkt die Ohreule; wie Sterbegestöhne eines Menschen klingt es. Unheimlich glühen an den Grabenborden rechts und links die Leuchtwürmer, prasselnd stiebt eine Taube ab, die das Planschen meiner Stiefel im weichen Weg aus dem Schlafe schreckte.

Aus dem Dunkel der Fichten bin ich wieder im hellen Moor; immer weicher wird der Weg, immer breiter werden die silbernen Gräben; durch blankes Wasser muß ich eine ganze Weile, die Krempstiefel sinken tief ein. Ich stoße die Bekassine heraus und mache den Erpel hoch, und ärgerlich keift eine Ricke über den Ruhestörer.

Ein schwarzes Ding erhebt sich halbrechts; da muß ich hin. Bis über die Knie plansche ich in Wasser und Mudde, die Moorhexe will mich an den Hacken festhalten, aber ich lasse mich nicht bange machen und komme zu dem Machangelbusch unter der breiten Fuhre auf dem Donnerbrink.

Dort ist es hoch und trocken. Darum balzt der Hahn da, darum habe ich mir da einen Schirm gehauen in dem Machangelbusch und einen Sitz aus Heidsoden gemacht; da will ich bleiben.

Es war Zeit, daß ich kam; schon lockt die Bekassine da, wo die Pümpe blitzen, immer lauter pfeift der Brachvogel da, wo die Sterne funkeln. Gerade habe ich den Mantel übergezogen und es mir bequem gemacht bei einer Pfeife, da saust es über mich fort und fällt mit dumpfem Schlage vor mich hin.

Ich zucke zusammen und lache dann. Wie oft saß ich schon so, wie oft hörte ich den Hahn einfallen; längst ist mir der Schuß Nebensache geworden bei der Balz und die Beute, aber ich glaube, ich werde jedesmal Herzklopfen bekommen, wenn der Hahn mir zusteht.

Ich höre, wie er sein Gefieder schüttelt; dann würgt er und gluckst, schweigt, würgt wieder, faucht ein paarmal leise, gluckst wieder und beginnt dann erst dünn und zaghaft, dann immer voller und kühner sein seltsames Liebeslied.

Das ist der Weckruf für das Moor; eine Bekassine nach der andern lockt und meckert, der Kiebitz erwacht und ruft, taumelt mit fauchendem Flügelschlage über mich hin. Streichende Erpel quarren, die Poggen grölen lauter, die Rohrsänger schwatzen lebhafter, die Heidlerche steigt singend zu den Sternen.

Und immer und immer wieder saust und plumpst es bei mir; und jedesmal darauf meldet ein Hahn. Vier balzten um mich herum, aber nur der erste ließ mein Herz einen Sprung machen.

Das ganze Moor ist laut geworden; es ist, als zittere die Luft von den kullernden Tönen, als bebe der Boden von dem tollen Minnegesang. Alle andern Lieder, alle andern Klänge verschwinden dagegen, gehen darin unter, verschmelzen damit, und nur wenn eine Henne zärtlich lockt, kommt eine neue Farbe in das große Konzert.

Auf den hellen Schimmer mir gegenüber am Moorrande sehe ich und rauche und sinne, um mich herum ist Leben und Liebe und Lust, und ich sitze da im Versteck, die Mordwaffe auf den Knien, und wenn ich wollte, wäre es aus mit aller Lust um mich herum.

Die Menschen fallen mir ein, die jetzt ruhig schlafen und vom schönen Leben träumen; und zwischen ihnen, unsichtbar, hockt ein Gespenst, die Sense in der Klapperfaust. Wenn es sich rührt, dann stöhnen die Schläfer im Traume und fahren in die Höhe.

Fanfarenklänge schallen über das Moor, gellend und hallend: der Kranich kündet der Sonne Ankunft. Vor mir, im Osten, färbt Rosenrot den Himmel; das schöne Reiterlied vom Morgenrot geht mir durch den Sinn.

Das freche Strolchlied vergaß ich; das fällt mir nur im Gehen ein. Sitze ich still, so denke ich nicht daran, nur die Worte sehe ich, aber die Weise fehlt daran.

Ein Schauer überfließt mich; der Frühwind weht, den schweren Duft der Birken und den herben Geruch des Posts bringt er zu mir, vermischt mit dem faulen Brodem des Ellernsumpfes.

Da ruft jetzt der alte Fasanenhahn; der fremde Klang stört mich hier wie der Schlag der Nachtigall. Aber, was die Rohrammer schwatzt und der Kuckuck ruft, was die Krähe quarrt und der Brachvogel pfeift, das Lullen der Lerche, des Kiebitzes Schrei, des Schwarzspechts Lachen, der Bekassine Gemecker, das sind des Moores echte Laute.

Sie alle versinken im lauten Gekuller der Hahnenbalz; nur wenn eine neue Stimme sich meldet, höre ich das als Einzellaut, aber dann verschwimmt es wieder ganz in dem Getrommel und Gefauche der schwarzweißroten Minnesänger.

Hellichter Tag ist es. Ich sehe die vier Hähne vor mir mit allen ihren Farben; wie glühende Kohlen funkeln die roten Rosen.

Ebenso rot kommt jetzt die Sonne über die fernen Birken; und so weit ich sehe, ist es rot. Nur in den Sinken nicht, wo der weiße Nebel liegt, in dem hier und da graue und schwarze Gespenster, die Birken, Fuhren und Machangeln, herumstehen.

Ich sehe gelassen den Hähnen zu. Einen habe ich vor acht Tagen hier geschossen, und das ist mir genug; nur sehen will ich heute.

Und ich sehe mich satt an den bunten Gesellen vor mir, an den goldenen Blumen, an dem weißgrünen jungen Risch, an den Silberschäfchen der Murke; und dann kommen meine Augen an den Post, der jetzt unter der Sonne immer glühender, roter, goldener wird.

Zwischen ihm die schwarzen Krüppelfuhren färben sich kupfrig, smaragdene Blättchen tragen die Birken, goldene Flämmchen zittern auf den Weiden; weiße Weihen schweben, ferner Taubenruf schallt herüber, die Luft ist voll von Singsang und Klingklang.

Höher steigt die Sonne, goldener wird der Post, toller der Hähne Lied; aber jetzt streicht einer ab, und die andern folgen.

Mir ist es lieb, die Glieder werden mir schon ganz steif. Ich krieche aus meinem Versteck und gehe den Damm entlang.

Und sowie ich im Gange bin, wird das alte Lied wieder in mir laut, und ich weiß es schon, es wird den ganzen goldenen Tag in mir klingen: Auf der Lüneburger Heide ging ich auf und ging ich unter.

Worte möchte ich zu der Weise dichten, ein Danklied auf die schöne Heide, die immerblühende; wintertags prangend mit Rauhreif, im Juni mit silberner Murke, mit roten Glöckchen im Juli, mit rosenroten Blütchen im Vorherbst und früh im Jahre mit rotem Post.

Der Wald der großen Vögel

Eine halbe Stunde von Ahlden liegen zwei Wälder, die Ahe und die Schlenke. Die Alte Leine trennt sie, sonst wären sie ein Wald. Im Norden bilden die leichtgeschwungenen Ufer der Aller ihre Grenzen, im Süden Wiesen und Weiden, die die Bauern von Eilte und Ahlden den Wäldern abgerungen haben. Um zu zeigen, daß das Land ihnen gehört, haben die Bauern Hecken und Hagen um die Wiesen und Weiden gezogen, so daß es aussieht, als liefen die Wälder allmählich in die Feldmarken aus.

Vom Spätherbst bis zum Frühling steht die Ahe unter Wasser und die Schlenke auch. Dort, wo die Rotkehlchen sangen, gründelt dann die Wildente, wo das Eichkätzchen Pilze suchte, fischt der Otter, die Ringeltaube wird von der Möwe, der Bussard von dem Seeadler abgelöst. Sobald die Wasser der Aller und der Alten Leine in die Wälder steigen, rückt der Hase nach den hochgelegenen Feldmarken, Mäuse und Spitzmäuse folgen ihm, die Rehe wechseln nach den fernen Wäldern, die Ahlden mit einem dunkelblauen Ringe umgeben, und der Fischer tritt an die Stelle des Jägers.

Wenn das Hochwasser sich verlaufen hat, sieht der Wald trostlos aus. Eine dicke, zähe Schlickschicht bedeckt das Fallaub, nasses Genist hängt in wirren Haufen in den Zweigen des Unterholzes, tote Äste, faule Bäume, Bretter und Balken liegen wüst umher. Ein Geruch von Wasser erfüllt die Luft. Prallt dann die Märzsonne durch die kahlen Zweige, dann wird aus dem Geruch ein Gestank. Zurückgebliebene Fische verwesen, ertrunkene Frösche vermodern, Tausende von Schnecken zerfließen, Hunderttausende von zerriebenen, zermalmten Kerbtieren, Maden, Larven und Würmern verfaulen.

Der April aber macht alles wieder gut; er bringt Schneeschauer und Regengüsse, die allen Moder fortwaschen, er läßt eisige Winde den Dunst hinwegwehen, er läßt die Sonne scheinen, die das verschlickte Laub mit einem sanften Anstrich hellgrüner Algen überzieht, er lockt unzählige grüne, braune und rosige Spitzchen, Knöspchen und Blättchen aus dem Boden hervor. Als wenn nicht vor kurzem noch der blasse Tod mit der braunen Fäulnis am knochigen Arme durch den Wald gegangen wäre, so lebt es da wieder;

bunte Schnirkelschnecken kriechen über das Laub, große und kleine Käfer krabbeln über das Moos, gelbe Schmetterlinge tanzen umher, samtrote mit blauen Augen, Silbermücken tanzen, Goldfliegen schweben.

Zu den frechen Meisen und schüchternen Goldhähnchen, die bisher allein die Zweige belebten, gesellt sich der frohe Fink, die süß flötende Märzdrossel; der Buntspecht läßt seine Trommel erschallen, die Krähe streicht den Baß, die Goldammer singt ihr Sehnsuchtslied. Das Hermelin, das den Winter über auf der Geest gejagt hat, wandert den Mäusen nach, die ihren Wald wieder aufsuchen, und fährt wie ein weißer Blitz durch das Gebüsch; dem Hasen wird es in den Feldern, auf denen die Bauern bei der Frühjahrsbestellung sind, zu lebhaft und er rückt wieder zu Holze.

Lange bevor aber dieses kleine Leben in der Ahe erwacht ist, zieht ein größeres Leben in ihr ein. Eines Abends, wenn die Sonne lange rote und goldene Streifen auf das blauweiße Gekräusel der Aller wirft, hallt ein Schrei durch die Abendstille, ein kurzer, scharfer, harter, herrischer Ruf, der sich in bestimmten Pausen wiederholt, und in der Abendröte taucht ein schwarzer Punkt auf.

Der harte, abgehackte, rauhe Ruf kommt näher, aus dem Punkte wird ein Fleck, aus dem Fleck ein Kreuzchen, aus dem Kreuzchen ein Kreuz, der Ruf verdoppelt, verdreifacht, verzehnfacht sich, viele große schwarze Kreuze schweben näher, und sechzig gewaltige, breitklafternde, bald silbern, bald golden, jetzt licht, jetzt düster gefärbte Vögel kreisen über den kahlen Wipfeln der hohen, von blitzblankem Efeu dicht umsponnenen Eichen.

Das sind die Reiher der Ahe, die wiedergekommen sind zu ihrem Walde. Seit Jahrhunderten gehört er ihnen, seit Jahrhunderten horsteten sie hier, seit Jahrhunderten zogen sie ihre Jungen groß. Immer hat der Mensch sie befehdet, hat ihnen mit dem Beizvogel und der Büchse nachgestellt, unzählige Reiher stürzten hier polternd zu Boden und färbten die Blumen rot, aber die sich retteten, die kamen doch im nächsten Frühjahr wieder, um in ihrem Walde zu horsten.

Rauh rufen sie und schrauben sich tiefer. Müde sind sie von der langen Reise, müde und überhungert, und ihre Herzen sind voller Furcht. In anderen Ländern fanden sie stille Wälder, an fischreichen Flüssen und Seen, wohin nie ein Mensch kam; herrliche Horstplätze boten die Kronen uralter Bäume, verlockende Wasserweid die schilfreichen Ufer; aber die großen Vögel ließen sich nur eben Zeit, ihren Hunger zu stillen, dann breiteten sie ihre gewaltigen Schwingen aus und ruderten nordwärts.

Hundertundzwanzig breite Flügel zerteilen sausend die Luft über der Ahe, hundertundzwanzig gelbe Augen spähen in ihre Kronen, aus sechzig langen, zusammengezogenen Hälsen erklingen heisere Freudenrufe. Dann schraubt sich einer der Reiher tiefer, schnellt den dünnen schwarzweißen Hals vor, läßt die dünnen grüngelben Ständer hängen und fällt prasselnd bei seinem alten Horste ein.

Einmal ruft er, den Hals wie einen silbernen Pfahl gegen den goldroten Himmel reckend, dann zieht er ihn ein, knickt die Ständer zusammen und kauert sich auf dem Aste hin. Neben ihm fußt sein Gatte, und nun folgt einer nach dem andern, bis alle in den Kronen ihrer Horstbäume verschwunden sind. So todmüde sie sind, die Freude, wieder daheim zu sein, überwindet alle Mattigkeit; sie erzählen sich noch lange etwas, bis die Abendglut im Moor erlischt, und heiser lachend kitzeln sie sich gegenseitig mit den Dolchschnäbeln.

Ehe die Amsel pfeift, ehe die Krähe quarrt, sind sie wieder wach; sie gähnen, schnellen die Hälse empor, daß die Messerklingen ihrer Schnäbel blitzen, richten sich auf, spreizen wohlig die blaugrauen Fittiche, zupfen sich die silberspitzigen Schmuckfedern des Rückens, den stahlschwarzen Brustlatz, die stolze Halszierde glatt, schlagen mit den Schwingen, daß es saust und braust, plappern ein Weilchen, kitzeln sich wieder, und dann erheben sie ihr Gefieder und verteilen sich die Aller hinauf und hinab nach ihren ererbten Fischplätzen.

Die großen, weißen, aschblau bereiften, schwarzschwingigen Seemöwen, die seit dem letzten Neumond hier jagten, räumen ihnen das Feld; die blanken schwarzen Krähen, die sich in den leeren Reiherhorsten häuslich niederlassen wollten, müssen weichen; der Waldkauz, der in dem einen Horste zu brüten gedachte, sucht sich einen hohlen Baum, und die Eichkatze, die in einem andern sich Vorrat gesammelt hatte, findet ihre Schätze nicht wieder.

Satt, mit vollen, tief herabhängenden Kröpfen, kamen die großen Vögel zurück; jeder trug einen Zweig, eine Rute, einen Ast; hastig begaben sie sich an ihr Werk, flickten die alten Horste aus, legten neue an, und bald schwebten in den Wipfeln der hochschäftigen Eichen dreißig große, sparrige, schwarze Klumpen, und ehe noch die Amsel zu bauen begann, lagen große hellblaugrüne Eier in jedem der dreißig Horste.

Während aber in den Wipfeln der Eichen unter den hellblaugrünen Schalen der Eier sich neues Leben formt, zerfällt am Boden das junge Werden; auf die gelben Blüten des Goldsternes, auf die quellenden Knospen des Spindelbaumes, auf die üppigen Blumenbüschel der Schlüsselblume, auf des Aronstabes saftstrotzende Blätter klatscht das scharfe, beizende, tötende Geschmeiß der Reiher, übertüncht den Boden, kalkt die Stämme an, überzieht die Zweige, alles vernichtend, was fein und zart und schnellebig ist; nur der Brennessel kann der giftige Kot keinen Abbruch tun, er düngt sie, und wenn der erste zarte Frühlingsflor der Ahe vorüber ist, wenn die Eichen Goldblättchen entfalten, dann überzieht den Waldboden der Nessel giftdornbewehrtes Gekraut mit einer einzigen undurchdringlichen Dickung.

Dann sind oben die blaugrünen Eierschalen längst geborsten unter dem Gepicke emsiger Schnäbelchen, und auf ihren Trümmern liegen struppköpfige, glotzäugige, häßliche Wesen, mit langen weißen Schimmeldunen bewachsen, mit unförmlichen gelben Knorpelwülsten an den Winkeln des Schnabels, der sich zu einem breiten roten Rachen öffnet, aus dem fortwährend ein heißhungriges Gieren hervortönt, das schrecklich zu der alten Reiher Gehör dringt.

Vom Lerchenstieg bis zur Ulenflucht streichen sie fort und rudern sie her, die Kröpfe voll von Aalen und Brassen, Döbeln und Karpfen, Fröschen und Egeln, und würgen der ewig hungrigen Brut den Raub vor; und die Jungen schlucken und schlucken und nehmen zusehends zu an Umfang und Schönheit, verlieren die häßlichen Schimmeldunen, vertauschen die Wolle mit einem hübschen Gefieder, die gelben Knorpelwülste an den Schnabelwinkeln schrumpfen zusammen, und aus den unschönen Spulen sprießen kräftige Schwungfedern. Mit stolzer Freude sehen die Alten die Kleinen wachsen und gedeihen, gönnen sich kaum Ruh noch Rast, denn das Hungergeschrei der Jungen hört den ganzen Tag nicht auf. So fischen sie die Aller aufwärts, die Aller abwärts und vergessen alle

Vorsicht; einer fällt dem Hagel des Jägers zum Opfer, ein anderer fängt sich an einer Setzangel, ein dritter tritt in ein Ottereisen, aber der überlebende Gatte nimmt die volle Last auf sich; und wenn von unbekannten Mooren und entfernten Gestaden die silberschwingigen Seeschwalben mit ihrer flüggen Brut über der Aller erscheinen, dann stehen auf jedem Horst in der Ahe zwei, drei Jungreiher und proben ihrer Schwingen Kraft. Einer oder der andere verliert dabei das Gleichgewicht und stürzt über Bord; den holt sich nachts der Fuchs; aber die meisten sehen sich vor, und die Alten freuen sich schon des Tages, daß sie alle zusammen mit ihnen über der grünen Ahe kreisen können.

Aber dann kommt der Tag, da Angst und Schrecken über die Siedlung hereinbricht: schwere Stiefel zertreten die hohen Nesseln, grüne Röcke lehnen sich gegen die weißgetünchten Stämme der Eichen, braunrote Gesichter tauchen zwischen dem laublosen Geäst von Kornelkirsche, Maßholder, Schlehdorn und Wildrose auf, metallische Blitze prallen von blanken Büchsenläufen.

Zehn Altreiher prasseln aus den Kronen, kreisen mit langen Hälsen über dem Walde, starren mit ängstlichen gelben Augen hinunter. Ihre Schreckensrufe finden von ringsherum Antwort, von Morgen und Abend, Mittag und Mitternacht klingen heisere Angstlaute heran, ein Sausen und Brausen, Klingen und Klatschen ist über dem Forste, schnelle schwarze Schatten fallen über den weißgekalkten Waldboden, alle sechzig Altreiher kreisen als riesengroße Kreuze unter dem hellblauen Sommerhimmel.

Die Jungreiher, immer hungrig, stellen sich auf die Horstränder, recken die Hälse, sperren die nimmersatten Schnäbel auf und schreien nach Fraß. Da knallt ein Schuß, kurz und scharf wie ein Peitschenknall, durch den Wald. Ein Jungreiher spreizt die Flügel, kippt hin und her, verliert den Halt, poltert von Ast zu Ast und schlägt dröhnend auf den Boden auf. Das Angstgerufe über dem Walde wird zum Wehgekreisch, aus dem ruhigen Kreisen wird ein verstörtes Geflatter, aber Schuß auf Schuß knallt, ein Jungreiher nach dem andern poltert herunter, stürzt herab oder bleibt mit zerrissener Brust im Horste liegen.

Ab und zu fällt etwas Blankes, Glitzerndes, Glänzendes von oben herab, ein Fisch, den ein Altreiher von oben herab seinem Jungen vorkröpfte, demselben Jungen, das mit zerschmettertem Fittich im Horste liegt, in Todesangst den Hals hin und her zuckt und verzweifelt mit offenem Rachen seine Alten um Hilfe anschreit, bis sein Kopf herabsinkt und ein letztes Zittern durch sein Gefieder geht.

Noch ein Schuß knallt; keiner folgt ihm mehr; auf keinem Horste zeigt sich noch ein grauer Leib, ein heller Hals; alle Jungreiher liegen tot am Boden, säuberlich gestreckt; aus roten Gesichtern zieht blauer Dampf durch den Wald, lautes Gelächter flackert empor, und dann wird es still in der Ahe; nur die Reiher kreisen stumm über ihr und zwischen ihnen fünf Kolkraben, die den reichen Fraß eräugt haben.

Auf einem Moosdache in Ahlden knarrte vor Jahren eine rostige Wetterfahne im Winde, in die kunstlos ein rohes Abbild einer Reiherbeize eingesägt war; und vielleicht lebt in Ahlden noch einer von den Leuten, die als Jungens dabei waren, da man in der Ahe die alten Eichen schlug; als die Riesenbäume am Boden lagen, sah man mit Verwunderung, daß in ihren Kronen Faßreifen und dicke Eisendrähte hingen, rot von Rost und zermürbt, wie man sie auf dem Dach anbringt, damit der Storch dort bauen soll.

Den Reihern zuliebe flocht man sie dort ein, ihnen das Horsten zu erleichtern; sorgfältig hegte und pflegte man sie, nahm in schwere Pön, wer sie störte; und gönnte ihnen gerne den Aal und den Hecht, den Döbel und den Brassen, denn ein königlich Weidwerk bot die Jagd auf den stolzen Vogel.

Hunderte von Reihern horsteten damals in der Ahe; von ihnen schlug der Beizvogel, den des Jägers gelbbehandschuhte Faust warf, einen oder den andern, der dann bei Hörnerklang zum Jagdschloß getragen wurde, die andern aber ließ man sich ihres Lebens freuen und der Fischweid an den Ufern der reißenden Aller jahrein, jahraus.

Heute erschlägt man ihre Brut jahrein, jahraus und läßt sie faulen im Forste, den Kolkraben zum Fraß und schwarzroten Käfern; jahrein, jahraus wiederholt sich die Metzelei; jedes Jahr fliehen die alten Reiher mit Angstgeschrei, und jedes Jahr im März kommen sie wieder und horsten in ihrem Walde zwischen Leine und Aller.

Die Furt

Die Hitze ist heute überall; die Luft flackert sichtbarlich über den Heidbergen.

Ich bin der Pürsche müde. Hier ist Schatten und weiches Moos, aber zuviel Geschmeiß singt und summt um mich her. Bei der Furt wird es kühler sein; ich wollte, ich wäre dort.

Wo bin ich gewesen? In einer weiten, hohen Kirche; rote Pfeiler trugen ein grün dämmerndes Gewölbe; Kerzenlicht flimmerte, Weihrauchduft wogte, dumpf klang eine Litanei. Aus dem Altarschreine lächelte die Madonna. Sie trug ein weißes Kopftuch, ein rotes Leibchen und einen blauen Rock. Ihr Gesicht war jung und lieblich, ihre Augen waren groß und gut. Sie lächelte und stieg aus dem Schreine heraus und wandelte leichtfüßig durch die Kirche.

Ich sehe den gelben Sandweg entlang, zu dessen Seiten sich die roten Fuhrenstämme erheben und in ein grün dämmerndes Gewölbe verlaufen. Helle Lichter spielen zwischen den Stämmen, schwerer Kienduft wogt, wie Priestergemurmel tönt es in der Runde. Dort, wo der Weg zwischen den schwarzen Machangeln bei dem Anberge verschwindet, kommt ein Mädchen her; sie trägt den weißen Flutthut, das rote Leibchen und den blauen Rock, wie alle Mädchen hierzulande. Leicht geht sie dahin; ihre nackten Füße wirbeln goldenen Staub auf. Ihr Gesicht ist jung und lieblich, und ihre Augen sind groß und gut. Ihre Wangen blühen wie Rosen, und ihre Arme sind reizend anzusehen. Ein Hauch von Frische weht hinter ihr her, wie er an der Furt geht, gesättigt von dem grünen Dufte des Erlenlaubes und dem bunten Geruche der Wiesenblumen, und reißt mich aus dem Moose und den Sandweg entlang durch das Vorholz über die Heide zu dem Bache hin, in dem der Weg untertaucht und am anderen Ufer in der Wiese wieder heraufsteigt.

Wie eine Laube wölben sich die Erlen zusammen und verweben ihr Laub mit dem Himmelsblau; zwischen ihren schimmernden Stämmen ist die lachende Wiese sichtbar. In den Uferbuchten schweben die leuchtenden Blumen der Wasserlilien, die nur einen Tag leben. Vor der weißen Sandbank ist eine Insel von dunklem Wasserkraut, auf der viele helle Blüten zittern.

Das Wasser ist klar und sein Grund ist rein; langbeinige Wasserwanzen werfen gespenstige Schatten darauf. Die Brombeerblüten beschauen sich lächelnd in der grünen Flut, und der Königsfarn bewundert sein stolzes Laub. Der Uferbord trägt einen Schuppenpanzer von Lebermoos, und darunter wallen und winken die rosenroten Wasserwurzeln der Erlen.

Ich lehne faul an dem moosigen Erlenstumpfe, kühle die Füße im Wasser, blicke dem Tabaksdampfe nach, der stetig über den Bach hinzieht und die blitzenden Fliegen verjagt, und sehe den zarten Wasserjungfern zu, die um das lachende Laub des Königsfarns flattern.

Wo bin ich wieder gewesen? Dort, wo die Blumen ewig blühen, wo keine Sense das grüne Gras zerschneidet, wo kein Nordost das Laub entfärbt und edelsteinfarbene Vögel aus den Büschen leuchten, wo es keine bitteren Gedanken gibt, die über süßen Wünschen schweben, wie düstere Fliegen über lichten Blumen, in dem Land ohne Tod und Sünde, auf dem Eiland Avalun. Funkelt dort nicht der Vogel in den Edelsteinfarben? Wenn er das Köpfchen dreht, sprühen bunte Blitze um ihn her. Und ein Falter weht über den Bach, Morgenrotsonne auf den Schwingen, und ein Ruf ertönt wie eine silberne Glocke, und ein Vogellied perlt aus dem Laube, so süß wie die Liebe, süße junge Liebe im Maienlande Avalun, in dem die Menschen lachen und küssen, bis sie wie müde Blumen vergehen.

Hier ist Avalun. Über mir ist ein Baldachin aus grüner und blauer Seide über einem Teppich, flammend von Farben. Ich bin der König von Avalun. Wenn ich lache, wiegen sich die goldenen und silbernen Blumen fröhlich über dem Wasser. Hier ist es goldig und da silbern, dort rot und drüben blau. Es ist ein wunderbares Wasser, das Wasser von Avalun; es heilt die Wunden des Herzens und kühlt die Wünsche der Seele; es ist aus reinem Tau gebildet und ohne Fehl und Falsch.

Ein heller Pfiff ruft mich zurück; ein blauer Pfeil mit smaragdener Spitze fliegt über den Bach. Der Eisvogel, der Gleißvogel ist es, und kein Vogel aus dem Lande, in dem meine Seele war, der Blumeninsel, um die der Sehnsucht perlgraue Wellen schluchzen. Meine Seele ist wieder in meinen Händen. Neben mir liegt die dreiläufige Waffe und das scharfe Glas. Alle Blumen tragen wieder kalte Namen, und für jegliches Wesen weiß ich das trockene Wort.

Vogel mit der abendrotfarbigen Brust, sing mir dein tautropfenklares Silberlied. Und singe es noch einmal, und singe es abermals, bis ich still wie das Wasser bin und ruhig wie die Lilienblüte; so still soll es in mir sein, daß ich meines Blutes Klingen lauschen kann und dem Atemholen des Windes, der in dem Walde schläft. Sing, Vogel, singe dein süßes Abendlied, daß mir die Augen wieder zufallen und meiner Gedanken Umrisse zu weichen Traumgestalten verdämmern, singe mir das silberne Lied vom goldenen Avalun.

Ich grüße dich, Königin von Avalun; so schön bist du, daß deine Schönheit hüllenlos sich zeigen darf. Die Sonne verweilt, um deine schlanken Glieder zu liebkosen, die Welle zögert, weil sie deine Füße küssen muß, und der Wind hält den Atem an, so erschrak er vor deiner Schönheit. Dich grüßt der silberne Liebesstern über dem fernen Walde, dir leuchtet der goldene Wurm im tauigen Moose, dir zur Ehre duften die Blumen so süß. Du bist so schön, daß kein Dichter es sagen kann; deine Schönheit ist wie ein goldenes Gitter, das unreine Blicke blendet, und deine Augen sind Schilde, an denen freche Wünsche abprallen.

Ein gellendes Lachen klirrt durch das sanfte Schweigen. Wer wagt solches Lachen in Avalun? Du, nachtschwarzer Vogel mit der giftroten Flamme auf dem Scheitel, du lachst mich fort aus dem Märchenland? Lache noch einmal, und ich hebe die Hand und krümme den Finger, und im Sande mußt du verbluten. Und auch du hüte dich, kreisender Weih, und fürchte meinen Zorn; allzu höhnisch klingt deine Stimme. Was habe ich euch getan, daß ihr meine Träume erschreckt, so daß sie mit bleichen Gesichtern in schwarze Wälder fliehen?

Eine heiße Flamme schlägt mir in das Gesicht, Dunkelheit umspielt meine Augen, und meine Brust wird zu eng für das Herz. Dort unten, vor der grünen und goldigen Wand, steht in dem blausilbernen Wasser sichtbarlich und leibhaft, rot von der Sonne beschienen, ein nacktes Weib, läßt aus den hohlen Händen Wasser über ihre schmalen Schultern rieseln und streut schimmernde Strahlen über ihren schlanken Leib. Die Welle zögert zu ihren Füßen, und der leise Wind, der von der Wiese kommt, hält erschrocken den

Atem an. Die silbernen und goldenen Blumen grüßen sie, und das Rotkehlchen singt ein Lied zu ihrem Preise.

Mein Glas liegt neben mir; als ich es sah, sprang mir das Blut wieder in das Gesicht. Das Bild, das ich sehe, ist schön wie ein Traum: die schlanke, helle im Sonnenlicht rosig leuchtende Gestalt in dem blitzenden Wasser vor der grünen Wand; aber ich wollte, ich wäre weit fort von hier. Doch hinter mir verschränken die Erlen ihr Astwerk.

Die Ellritzen spielen um meine Knöchel; weiße Falter wehen über die bunte Wiese hin wie stille Gedanken durch laute Stunden. Vom Walde klingt des Taubers Ruf; das tiefe Schluchzen des Sturmes ist darin; das bange Weinen des Windes. Voll tiefer Zärtlichkeit und heißer Sehnsucht ist der Ruf, ein Lied ohne Worte, das alles sagt.

Ein goldenes Lilienblütenblatt treibt den Bach hinab und nimmt meine Augen mit. Verschwunden ist die rosenrote Gestalt unter dem grünen Baldachin, für immer verschwunden.

Aber ich war in Avalun.

Goldene Heide

Die Heide hat vier hohe Zeiten; sie blüht viermal im Jahre.

Bevor im Vorherbste der Honigbaum sich rosenrot färbt, hat die Heide schon eine Blüte erlebt.

Wenn am tauklaren Maimorgen die Birkhähne trommeln und blasen, schmückt sie sich mit den silbernen Seidenblumen des Wollgrases; es sieht dann aus, als wäre der Winter noch einmal zurückgekehrt.

Jedes Birkenbäumchen aber straft mit dem leuchtenden Grün seiner jungen Blätter diesen Wahn Lüge, und auch die Heidlerche, die unter den Wolken hängt und so lustig dudelt, als wäre sie berauscht von dem Balsamduft, der aus den Smaragdwellen zu ihr aufsteigt.

Das ist die Zeit, in der die ganze Heide singt und klingt; sonntags abends ziehen dann die jungen Mädchen, in breiter Reihe untergehakt, über die Dorfstraße und singen alte, schalkhafte Lieder von dem Jäger und dem Mädchen in dem Walde.

Wenn das Heidekraut blüht im September und die Immen um den Honigbaum summen, wenn die Heidberge in Rosenrot, Purpur und Violett getaucht sind, dann zieht auch der Stadtmensch in die Heide hinaus und schwärmt für ihr Blühen und Glühen.

Ist aber das Heidkraut längst abgeblüht, ist das Silbergrau der trockenen Kelche zu fahlem Graugelb verwittert, dann ist die Heide vergessen, dann ist sie einsam und still; nur wenige Leute wissen, daß dann die Zeit kommt, in der sie ihr allerschönstes Kleid aus der Lade holt.

Wenn die wandernden Kraniche unter den Wolken herziehen, wenn die Wildgänse rufen, wenn der Nordwind über die Buchweizenstoppel geht und die Kartoffelfelder leer und zerwühlt sind, dann legt die Heide ihr herrlichstes Gewand an.

Aus schwerem Goldbrokat ist es gearbeitet, grüne Samtaufschläge zieren es, mit gelbseidenen Borden und purpurnen Kanten ist es besetzt, mit Scharlachfäden durchwirkt und über und über mit glitzernden Diamanten, schimmernden Perlen und leuchtenden Korallen benäht.

Dichte, langwallende Nebelschleier verhüllen morgens ihres Prunkgewandes Pracht; langsam, als schäme sie sich der eigenen Herrlichkeit, legt sie einen Schleier nach dem andern ab, enthüllt erst ihres Braunhaares Korallenschmuck, ihres Halses Diamantengeglitzer, ihrer Schultern Silberspitzentuch, ihres Gürtels Goldgefunkel, ihres Kleides grünbraunen, scharlachdurchzogenen Faltenfall.

Sie ist nicht mehr die junge, lustige Heide mit dem Birkenbalsamduft in dem smaragdgrünen Seidenkleid, nicht mehr die hübsche, junge Frau in der rosenroten Atlasschleppe; eine stattliche Frau in den besten Jahren ist sie geworden.

Das Lerchenliederlachen ihrer Mädchenjahre hat sie verlernt, die Blaufalterseligkeit ihrer jungen Frauenzeit liegt weit von ihr; sie ist stiller und ernster geworden, um Mund und Augen ziehen sich feine Fältchen, sie hat ihre trüben Stunden, in denen sie des ersten Schnees in ihrem braunen Haar gedenkt, den ihr des Jahres Ende bringen wird; aber sie kann immer noch lachen und strahlen und glänzen, blieb immer noch eine schöne Frau.

Ein wenig mehr Fülle hat sie bekommen, etwas bequemer ist sie geworden; sie liebt es nicht mehr, solange wach zu bleiben bei den Feuerwerkfesten der Abendsonne und den Liederkonzerten der Lerchen; sie bleibt auch schon gern ein bißchen länger im Nebelbett, steht nicht mehr so früh auf, und sie braucht etwas mehr Zeit zum Anziehen und eine Stunde mehr für ihre Flechten. Das ist aber ihr gutes Recht: alternde Leute schützt ein wenig Sorgfalt vor dem Alter, und man soll ihr Tun nicht Eitelkeit nennen.

Auch Launen hat sie bekommen mit der Zeit; Tage hat sie, an denen ihre Stirn kraus und ihre Augen düster bleiben; sie seufzt dann über die verlorene Jugend und stöhnt über die kleinen Gebrechen, die das kommende Alter künden; dann hüllt sie sich in den grauen Mantel und ist unliebenswürdig gegen störende Gäste.

Wer sie aber gut kennt, der kümmert sich nicht um ihre Launen; mag sie auch alle Fenster mit dichten, weißen Vorhängen verhüllt haben, schließlich strahlt doch ihres warmen Herzens Sonnigkeit, leuchtet ihrer Güte Lächeln, blaut ihres Frohsinns Himmel, kommt ihrer Seele goldener Reichtum bezaubernd zum Ausdruck, und sie ist dann schöner und herrlicher als je.

Es ist der Mühe wert, sich zu ihrem Herbstfest einzuladen. Wunderbar hat sie ihr Heim geschmückt, in ein Prachtgewand sich gekleidet, in das schwere Kleid aus Goldbrokat, das sie nur kurze Zeit trägt und das sie bald mit dem silbernen Gewand vertauscht, in das der Rauhreif sie kleidet, ihrem letzten Blütenkleide, ehe das Schneeleilicht sie bedeckt.

Lieblich ist ihr Maienfest, wonnesam ihre Spätsommerfeier, aber prächtig ist das hohe Fest, das sie im Herbste gibt. Erstaunt steht der Gast, der noch nie bei dieser Feier war; wohin er sieht, scheint es von blankem Golde, leuchtet es in gleißender Pracht, funkelt es in reicher Glut. Da ist kein Birkenbäumchen zu dürftig, als daß es nicht einem güldenen Springbrunnen gliche, jeder Moorbeerbusch glüht rosenrot, und alle Poststräucher lodern und brennen. Mit Silberperlen ist der Samtteppich bestreut und mit mattem Golde sind seine Kanten benäht, und des Prunksaales Decke ist ausgeschlagen mit einem lichten, blauweißen Seidengespinst, von dem sich weiße Flocken ablösen und lustig dahinschweben.

Nicht lange währt der Heide hohes Fest, aber lustig ist es bis zum Ende, bis zu dem wilden Kehraus, zu dem der Wind seine tollsten Tänze spielt. Dann rieselt das Gold dahin, flittert und flattert, wirbelt empor und taumelt herab, bis ein hohler Tusch das Ende der Feier kündet.

Wer es einmal mitfeiern durfte, das hohe Fest der Heide, der sehnt sich das ganze Jahr über danach.

Vier hohe Zeiten im Jahre hat die Heide; ihr schönstes Fest aber gibt sie im Herbste.

Im Blauen Schimmel

Der Blaue Schimmel ist ein Erbkrug. Herzog Georg von Celle, den die Bauern Jürgenvater nannten, hat in der Gegend viel gejagt, teils brave Hirsche, teils ein anderes edles Wild, das blonde Zöpfe hatte; im Blauen Schimmel hat er oft den grünen, mit rotem Lungenschweiß gefärbten Eichenbruch am Jagdhut, im Backenstuhle gesessen, roten Wein getrunken und rote Lippen geküßt. Dafür hat er dann den Krug zum Erbkrug gemacht; auf ewige Zeiten, wie es in der Urkunde heißt, die in Glas und Rahmen in der Gaststube hängt zwischen den alten stockfleckigen, in Birnbaumholz eingerahmten Bildern, die des Jägers Hochzeit, Kindtaufe, Leichenzug und Auferstehung darstellen.

Der Hof, der zum Kruge gehört, heißt der Schimmelbergshof. Als Jürgenvater einmal sehr guter Laune war, denn er hatte den Tag drei starke Hirsche erlegt und nachher etwas viel gewürzten Wein getrunken, da hatte er der Haustochter gesagt: so viel Land, als sie in einer Stunde auf dem alten Blauschimmel umreite, solle beim Kruge bleiben.

Er soll ein sehr langes Gesicht gemacht haben, als die hübsche blonde Regina den alten Hengst in eine Gangart brachte, als wäre er ein Fünfjähriger; für sein Leben hätte er gern gewußt, wie sie das fertiggebracht habe, aber sie lachte bloß hinter ihrem Fürtuche; na, und was sollte der Herzog machen? Ein Wort ist ein Wort, und so wurde der Blaue Schimmel Erbkrug mit viel Land dabei.

Der jetzige Besitzer ist ein langer, breitschultriger, lang- und dünnbeiniger Mann mit todernstem, faltenreichem Gesicht; er hat in den Hof hineingeheiratet. Daß er Meyer heißt, hat er selbst beinahe schon vergessen; er wird nur Schimmelberg genannt, meist aber Lutjen; er spricht wenig, aber was er sagt, das stimmt, und mit dem ernstesten Gesicht macht er die schönsten Witze.

Aus der Gastwirtschaft macht er sich gar nichts; die geht die Frauensleute an. Kommt ein Fremder, so kann er warten, bis er schwarz wird, ehe der Wirt ihn fragt, was er trinken wolle. Die Stammgäste wissen das und bedienen sich selbst. Schimmelberg tut das nie; lieber schreit er zwanzigmal »Detta!«, ehe er von der Bank neben dem alten Plaggenofen aufsteht, wo er abends immer sitzt, kalt raucht und das hannoversche Pferd streichelt, das die Eisenplatte des Ofens ziert. Tritt ein Gast ein, so macht er eine Bewegung mit dem Oberkörper, als wolle er aufstehen, zeigt mit der zerkauten Pfeifenspitze auf die Ofenbank und sagt in singendem Tonfall und mit drei Pausen: »Gah sitten! Sett di dahl! Sett di!«

Das sagte er auch zu mir, als ich eintrat. Die Mücken hatten mich aus dem Bruche gejagt; Rauchen half nichts mehr, es waren zu viele, und bei der Hitze kamen die Rehe doch nicht vor der Nacht, ehe die Wiesen tauschlägig waren; so ging ich in den Krug und setzte mich an die andere Ofenecke.

Es waren allerlei Gäste da; erst drei fremde Käsehändler, die mit dem Planwagen umherzogen; dann der Mooraufseher, auf dessen braunes, verkniffenes Gesicht die Abendsonne einen roten Schein warf; dann der Küster, der am Fenster saß und die Zeitung las; schließlich noch ein Zimmergeselle, der bei Brinkmanns Scheunenbau beschäftigt war, und ein älterer Mann mit klugem, gutmütigem, graubärtigem Gesicht, der etwas betrunken war; er saß vor einem leeren Blaurand, hatte die Arme mit den schwarzen Händen breit auf dem Tische liegen und stierte ein bißchen blöde vor sich hin, ab und zu sich aufraffend und den Versuch machend, klar um sich zu sehen. Ich hatte ihn schon einmal gesehen, wußte aber nicht gleich, wer es war.

Ich saß in meiner Ecke, rauchte meine Pfeife und sah zwischen den Herzblättern der Linde vor dem Fenster in die Abendröte; eine dreifarbige Katze saß auf der Fensterbank und horchte nach dem Gepiepe der jungen Schwalben; ein Spitz bellte, man hörte die Mädchen lachen, die Schleiereule röchelte und wimmerte vom Kirchturm; in der alten Kastenuhr schlug der Pendel hart und langsam sein Ticktack.

Der angetrunkene Mann fuhr aus seinem Halbschlaf auf, schob das Glas vor und rief mit lallender Stimme: »Schimmelberg, noch 'n L . . . L . . . ütt . . .jen!«

»Kriegst kein' mehr«, sagte der Wirt langsam, »büst so all dicke!«

»Denn giff meck 'n Grooten!« erwiderte der Graubart.

Jetzt kannte ich ihn; es war ein alter Schneidergeselle. Er hatte mir einmal in der Gegend von Isenbüttel einen Flicken in den Jagdmantel gesetzt. Er war viel in der Welt herumgekommen, war ein fleißiger, stiller Arbeiter, bekam aber alle Monate seinen Zug; dann trank er drei Tage, tat aber keinem Menschen etwas, hielt nur große Reden über Politik und Religion und sang.

»Schimmelberg, dann giff meck 'n Glas Bier!« rief er.

Der Wirt wollte gerade sagen: »Hal di sülwen wat!«, besann sich aber und schenkte ihm ein Glas ein. Der Schneider holte eine mit Glasperlen gestickte Börse heraus, suchte lange darin herum und zahlte; dann trank er, steckte seinen Zigarrenstummel an, starrte lange auf meine Jacke und sprach:

»Das is ein Jägersmann. Denn er ist in Lodenstoff gekleidet. Erst dacht ich, es wär' ein Beiderwand. Es ist aber Lodenstoff. Den machen sie im Lande Tirol. Ich bin dagewesen.«

Er sann eine Weile nach und fuhr fort: »Ich bün auch schonst auf Jagden gegangen. In'n Wietzebruche. Mit dem ollen Kröger. Der verstand die Kunst. Er hatte seine Deele ganz voll von Hirschgeweiden. Das war ein ganzer Freischütz. So manchen dicken Hirsch hat er die Försters wegeholt. Jetzt ist er darüber weege. Er ist dote!«

Er bedachte sich wieder ein Stück: »Wenn man den Hirsch, der olle Kröger sagte immer: Happbock, schießen will, dann muß man erst wissen, wo einer is. Wenn'n das weiß, dann geht'n auf'n Baum sitzen, daß er die Wiederung nich kriegt.«

Er schwieg wieder: »Bei Mondenlicht muß'n dahin; denn sonsten sieht'n 'n nich. Und da wart' man, bis er kommt. Meist kommt er nich.«

Er trank sein Glas aus, klopfte damit auf und rief: »Schimmelberg, 'n Lüttjen!«

»Kriegst keinen mehr, hest all mehr wie 'noog!«

»Denn giff meck 'n Grooten!«

Der Wirt antwortete nicht, und der Schneider erzählte weiter: »Man muß scharf laden, wenn'n 'n Hirsch schießen will. Am besten eine Kugel und sechs oder acht Pilasters. Siebzig haben die Franzosen auch mit Pilasters geschossen. Das ist nicht erlaubt. Aus Milldrajösen. Bismarck hat sie ihnen deshalb alle abgenommen!«

Der Zimmergeselle bestellte noch zwei Glas Bier, und als der Schneider getrunken hatte, kam er wieder in Fluß: »Bismarck war ein großer Mann. Ich hab'n gesehen. Wenn er ein' ansah, dann ging es einen durch und durch. Er hatte man drei Haare, aber vor den kleinen Mann hatte er doch nichts über!« Der Küster sah mich an und lächelte. Der Schneider nahm das für Beifall, schlug auf den Tisch und rief: »Wir woll'n ein Kriegeslied singen: Erhebt euch von der Erde, ihr Schläfer . . .« Weiter wußte er es nicht; er schüttelte den Kopf: »Denn ein anderes: Als wir achtzehnhundertsiebzig sind nach Frankreich reinmarschiert, hat die Guste, die bewußte, mich ein . . .«

Er schüttelte wieder den Kopf; denn auch hier verließ ihn die Erinnerung. Nach einer Weile fing er dann an: »Wie das wohl mit die Russen und die Japanesen wird? Die Russen sind schon gut. Es gibt da einen guten Schnaps. Wuppdich sagen se dazu. Ich bin dagewesen!«

Er sah den Zimmergesellen an, stieß sein Glas gegen dessen Glas, trank einen winzigen Schluck, besann sich und fuhr fort: »Die Russen sind man bloß dumm. Die sollten mit ihren Kosakens nach Japan reiten. Das sind forsche Kerls. Die fressen das Fleisch roh!«

Er überlegte wieder ein bißchen: »Ich mag rohes Mett nich essen. Trichinen sind drin. Und die Wurst hier mag ich auch nich. Vorzüglich die Rotwurst. Weil kein Meiran mang is!«

Er saugte vergeblich an seiner toten Zigarre, schüttelte wehmütig den Kopf und sprach weiter: »Im Land Italien hab' ich gute Wurst gegessen. Zalami sagen sie dazu. Sie sollen da die Esel reinhauen. Ich glaub's nich. Aber den Knopplauch kann'n rausschmecken!«

Ein sonderbares Lächeln zog um seinen Mund, als er weitersprach: »Knopplauch, den mag ich schonst. Aber den Frauensleuten sollten 'n verbieten. Im Lande Italien hab' ich keine Liebschaft gehabt. Von wegen den Knopplauch!

Da sind se alle katholsch. Aber das ist eingal. Ich habe viele Religionen kennengelernt. Es is ganz gleich, was der Mensch für eine hat. Die Hauptsache is, daß er eine hat. Ich habe gar keine!«

Die alte Kastenuhr holte schnarchend aus und schlug die zehnte Stunde: Draußen tutete der Nachtwächter. Der Wirt bot Feierabend. Ich sprach mit dem Mooraufseher noch vor der Tür. Der Schneider ging an uns vorbei. Er sah uns nicht.

Langsam, nur ein klein bißchen unsicher, ging er mitten auf der Straße und sang mit seinem zerbrochenen Tenor: »Brüder, über hundert Jahr hab' ich weder Kopf noch Haar.«

Der Heidweg

Tag für Tag gehe ich denselben Weg, der von dem Hofe durch die braune, rosig überhauchte Heide zum Holze führt, eine halbe Stunde lang hügelauf, hügelab, nach links und rechts sich wendend, bald breit, bald schmal, wie die Heidwege so sind.

Er hat gar nichts Besonderes an sich, dieser Weg; er ist so wie alle Heidwege: kein Landmesser legte ihn fest, kein Arbeiter beschotterte ihn, keine Dampfwalze festigte ihn. Die Gewohnheit hat ihn geschaffen; er ist der kürzeste Weg zwischen den beiden Höfen an der Landstraße und dem Einzelhofe da hinten hinter der Forst; die Räder der Wagen, die ab und zu hier fahren, um Plaggen, Holz oder Bienenkörbe zu befördern oder Leute hierhin und dahin zu bringen, schnitten den Weg in den heidwüchsigen Boden der höheren Lagen, in den weißen Sand hier, in den grauen Bleisand da, in den dürren Anger in den Senkungen. Hatte es ein starkes Gewitter gegeben, so daß in den Sinken Wasser stand, dann fuhr der Bauer rechts und links um die Stelle herum; dann wurde der Weg dort breiter, doppelt, dreifach, vierfach.

Ich gehe den Weg jeden Tag, um abzuspüren, ob Rotwild oder Sauen durchgewechselt sind, oder um zum Anstand zu kommen; ich gehe ihn morgens vor Tau und Tag, wenn die Eule noch ruft und die Lerche noch nicht wach ist, und abends, wenn der Reiher über die Fuhrenkronen streicht und rostbraune Abendfalter hastig und unstet über die Heide fahren; ich sah ihn im Frührotschein und in der Abendröte, bei sengender Mittagsglut und bei pfeifendem Nordost; ich kenne ihn auswendig.

Ich kenne jeden Strauch und jeden Baum rechts und links von ihm; ich weiß, daß da ein größerer Stein kommt, daß hier ein Hasenunterkiefer im Sande bleicht, daß dort ein Pfeifendeckel neben einer Binsenstaude liegt; ich kenne die Wollflocke in dem toten Machangel und den Trichter des Ameisenlöwen unter dem Quendelbüschel; ich weiß, daß links vom Wege ein Hase sitzt und daß rechts in der langen Heide Birkwild liegt, daß hier oben Rehfährten den Boden narben und daß dort unten der Dachs gestochen hat, einen wie den andern Tag; Neues kann er mir nicht bieten, der Heidweg.

Und darum gehe ich ihn einen um den andern Tag in derselben gleichgültigen, unaufmerksamen Weise, die Pfeife im Munde, die Hände auf Lauf und Kolben der Büchse, die ich über den Rücken gekreuzt habe; und wenn ich so dahingehe, dann sehe ich jeden Tag dasselbe, und bei jedem Ding fällt mir dasselbe ein.

Da ist zuerst eine Fuhre, ein keckes Ding von fünfzehn Jahren. Wie die sich das Leben denkt: leicht, einfach, schön. Ach ja. Jetzt, wo sie noch klein ist, wo sie im Norden der Stangenort, im Osten der Hochwald, im Süden und Westen die Heidberge schützen, da kann sie noch die Zweige keck und froh in die Höhe recken, als wolle sie in die Wolken damit.

Aber die hohe Fuhre am Berge, die weiß, wie das Leben ist; auch sie war einst so keck und froh und langte mit geraden Zweigen in die Wolken. Aber Ostwind und Nordwind und Schneelast faßten sie und drückten sie, machten ihre Zweige krumm, ihre Krone flach und gaben ihr den Zug stiller Entsagung, den Ausdruck hoffnungsloser Wehmut.

Über den schwarzen Machangelbusch, der dort hinten so keck die Heidhöhe überschneidet, muß ich jedesmal lächeln; von hier aus sieht er so groß aus, sieht viel höher aus als die Heidberge hinter ihm, und je näher man an ihn herankommt, um so kleiner wird er, um so größer werden die Berge. Doch das geht nicht bloß dem Machangel so, das kommt auch sonst noch vor.

Die schlanke Fichte dauert mich; ihre Form paßt so gar nicht zu den welligen Linien der Heide; sie ist ja auch nicht von hier, gehört auf die Berge, wo schroffe Linien sind. Der Nordostwind weiß das; der wird ihr den Mitteltrieb ausbrechen, wird ihre Zweige verbiegen, bis sie so rund und struppig sind wie die alten Fichten dort. Dann paßt sie in die Heide.

Bei ihren jüngeren Schwestern übernehmen die Schnucken die Arbeit; in jedem Frühjahre verbeißen sie die jungen Triebe, aus dem schlanken Tannenbäumchen wird ein struppiger Igel, und wenn es groß ist, dann sieht es seltsam verschnörkelt und verkrümmt aus, Äste, Äste, lauter Äste und kein Stamm.

Es gibt auch solche Menschen; sie müßten gerade und schlank aufwachsen, aber sie stehen auf falschem Boden, in einer Umgebung, die nichts Schlankes und Gerades verträgt. Allerlei beißt und biegt an ihnen herum, und schließlich werden sie schrullige Geschöpfe. Und konnten Großes sein.

Eine stand da, die war groß und schlank und stolz und schön; die hat der Blitz zerspellt. Den Krüppeln tut er nichts. Aber hochzuwachsen und vom Blitz getroffen zu werden, schließlich ist es doch besser, als krüpplig zu bleiben und verschont von Blitz und Sturm. Es gibt Menschen, die anders denken; die leben, damit sie im Alter nicht verhungern. Aber das ist dann auch kein Leben.

Hier der Machangel duckte sich und krümmte sich und schickte sich; und was hat er nun? Ein graues, krummes Skelett ist es, über das die Schnucken trampeln. Aber um die Ruine der Riesenfichte müssen sie herum; im Tode noch läßt sie nichts Kleines an sich heran.

Die Hängebirke auf dem Hügel tut mir leid; ihre Zweige greifen verlangend umher, ihre Bewegungen haben etwas Rührendes, als wollten sie zurück in die Jugend und in den Frühling. Es gibt nichts Traurigeres als eine alte Birke im Herbstwind.

Und nichts Lustigeres als den jungen Maibaum; schlanke Äste, hochauf, besät mit goldgrünen Blättchen, leuchtend, glitzernd, duftend vor Jugend und Schönheit. Eine junge maigrüne Birke im Sonnenschein, dann lacht mein Herz, aber meine Seele trauert, sehen meine Augen die Hängebirke auf der Heide. Ich weiß wohl, warum.

Hier hat eine Königskerze gestanden: ein zerknickter Stengel, zwei verwelkte Blätter blieben davon; das taten die Hufe von hundert Schnucken; und Hunderte von Schnuckenhufen zertreten Tag für Tag die Heide, Hunderte von Schnuckenmäulern rupfen daran herum. Der Heide schadet das nichts; sie bleibt kurz, krümmt sich zu Boden, treibt kümmerliche Blüten, aber sie lebt doch und blüht. Mancher verträgt eben Fußtritte, mancher nicht. Und darum gibt es nicht so viele Königskerzen wie Heide; das Häufige ist nie schön und vornehm.

Hier, wo vom letzten Gewitterregen der Boden feucht geblieben ist, ist das Jagdgebiet einer dicken Kröte; gestern abend sah ich ihr zu, wie sie vorsichtig dort pürschte und ab und zu mit der Klapperzunge ein Insekt wegfing. Heute steh ich hier und sehe dem Falken zu, der auf der Heide eine Lerche jagt; er stößt fehl und streicht weiter. Die Kröte hat nie Fehljagd. Aber sie jagt auch Spinnen und Fliegen und Würmer.

Es geht gegen Abend; eine Schnarrheuschrecke mit grellroten Unterflügeln fliegt ruckweise, laut schnarrend, an mir vorbei; sie denkt wunder, wie schön das ist, und dabei ist es eigentlich recht lächerlich, dieser ruckweise Schnarrflug; und doch wird er seine Wirkung auf die kurze, schwarze Schöne im Heidekraut nicht verfehlen. Jeder Verliebte ist lächerlich, nur nicht für die eine. Tröstet euch damit.

Ein rostroter Nachtfalter kommt angesaust. In unsteten Zickzacklinien huscht er über die Heide; jetzt ist er dort unten, jetzt kommt er wieder näher, nun taumelt er über die kurzen Brombeerbüsche der jungen Besamung und fährt hastig weiter nach den gelben Schmielen; er sucht eine, die ihn liebhat; aber es ist schon zu spät im Jahr, und wer weiß, ob er sie findet; und es ist doch so schwer, zu sterben und nicht zu wissen, was Liebe ist. Für den Falter ist das nicht so schlimm; er sucht nur eine, aber der Mensch sucht die eine.

Am Buchweizen gähnen vier schwarze Schlünde und vier an den Kartoffeln; das sind Ansitze, die sich der Bauer gemacht hat; von da aus erlegt er die Sauen und das Rotwild, die seine Äcker verwüsten. Hier unter dem struppigen Machangel gähnen lauter silbergraue Sandtrichter; in jedem lauert ein scharfbewaffnetes Ungetüm auf Spinnen und Ameisen, die in den Trichter fallen. Ein grüner Käfer rennt flink über den Sand, in den scharfen Zangen eine Fliege. Zierliche Schwalben fahren über die Heide; ich höre die kurzen Schnäbel knappen; jeder solcher Laut ist der Tod eines Wesens. Aus dem Brombeerbusche klingt ein jammervoller Ton, dünn, fein, aber voll Todesangst; da wickelt die dünne Spinne eine bunte Schwebfliege ein. Überall ist der Tod.

Ich gehe gelassen über die Heide und blase sorglos den Dampf der Pfeife in die Luft; ich gehe und töte im Gehen Pflanzen und Tiere. Das ist nun einmal so. Und wer weiß, ob dicht bei mir nicht etwas auf mich lauert, um mich hinabzuzerren, heute oder morgen oder übermorgen oder einen Tag später. Eigentlich müßte mir das alle Lebenslust nehmen.

Ich gehe einen Weg, dessen Anfang und Ende ich nicht sehe; Anfang und Ende verlieren sich in dunkler Heide und düsterem Wald; und doch bin ich ganz gelassen.

Vor jenem Heidhügel, dessen Kuppe ein heller Sandfleck schmückt, steht ein einsamer schwarzer, hoher Machangel; da zur Rechten steht ein ganzer Haufen derselben Sträucher, alle gleich in der Form. Aber der Einsame sieht ganz anders aus. Ja, die Gesellschaft, wie die abschleift das Böse und das Gute. Wenn du in ihr leben willst, mußt du den Charakter opfern. Wenigstens verstecken.

Manchmal ist es aber auch ganz seltsam, ganz anders. Hier steht mitten zwischen rotblühender Heide ein Busch, der blüht weiß wie Schnee; weit und breit ist keiner so wie er. Muß der Mut haben!

Und hier ist noch etwas Seltsames. Mitten in dem sandigen Windriß, mitten zwischen dem bunten Geröll, blüht ein Heidbusch, so rosenrot wie keiner ringsumher; alle andern sind fahl gegen ihn. So etwas kommt vor; in Schmutz und Elend und Verkommenheit findet man oft ein Gesicht, blühend in Schönheit und Adel.

Eine halbe Lanzenspitze aus Flintstein liegt im Geröll; das war einmal. Der Nordostwind trägt ein Donnern und Pfeifen heran; das ist der Schnellzug Hamburg-Hannover. Wie weit wir sind! Aber der Nordostwind lacht; wieviel Kulturen hat er blühen und welken sehen. Steinwaffe und Bronze, Eisen und Stahl, alles ist vergänglich. Und einmal bringt er das Nordlandeis wieder und die Polarnacht, und halbwilde Fischer und Jäger klopfen sich hier mühsam wieder Lanzenspitzen und Beile aus Flintstein.

Eine silberne Distelsamenflocke fliegt mir an den Rock; wo mag sie herkommen? Ich sah nirgendwo hier eine Distel; aber nächstes Jahr wird eine hier blühen, und wieder ein Jahr weiter, dann sind es viele, die hier ihre Purpurköpfe leuchten lassen. So wandern die Gedanken.

Wie hoch und lang hier die Heide ist, wie scharf heben sich die Kuppen der Hügel ab; dann kommt die Dämmerung und macht alles klein; nur die hohen Machangeln bleiben noch sichtbar, noch einige Zeit. Bis die Nacht kommt.

Ich will dahin gehen, wo die Heide so wunderbar voll, so tief rosig blüht. Aber ich will es lieber lassen. In der Nähe sieht sie aus wie alle Heide; da ist das Fahle, das Braune, das Graue stärker als das Rosenrot; nur aus der Ferne sieht sie so schön aus. So geht es mit allem, dem wir zustreben. Es lohnt sich wirklich nicht, auf etwas zuzugehen.

Aber hier ist ja der starke Hirsch durchgezogen; ich muß doch sehen, wohin er gewechselt ist. Die Fährte steht nach der Forst zu. Aber dazwischen liegt Heide, und da spürt es sich schlecht. Und dann kommt die Landstraße, und die haben die Dragoner zerritten. Und dann kommt wieder Heide, und ich werde einen Bogen nach dem andern schlagen müssen, um auf den Bahnen, Wegen, Gestellen und Pürschsteigen die Fährte des Jagdbaren wiederzufinden; viel Mühe wird es kosten.

Ich muß lächeln. Eben dachte ich mir jeden Zweck aus dem Leben heraus, und nun kommt das Leben und hält mir lachend ein Ziel entgegen, und im Grunde genommen ein so geringes Ziel; und doch gehe ich mit Eifer darauf los.

So ist der Mensch.

Heidgang

Der Himmel ist dunkelblau und wolkenlos; alle Sterne blitzen, es leuchtet der blanke Mond. Der leise Wind ist scharf und spitz; er rauscht in den Hofeichen, raunt in den Fuhren an der Brücke, raschelt in den Birken an der Straße.

Durch den schwarzen Wald führt ein schmaler Weg; wie reines Silber leuchtet er im Mondlichte; die dunklen Schatten der Zweige hüpfen auf ihm einen unheimlichen Tanz.

In die dunkle Heide kriecht der weiße Weg, versinkt im nassen Moor und steigt wieder an der dunklen Düne herauf; da liegt ein großer weißer Stein vor einem schwarzen Riesenwacholder. Hier warte ich auf den Tag.

Dunkelheit ist um mich und Schweigen, eine Dunkelheit, verstärkt durch die hellen Lichter am Himmel, ein Schweigen, vermehrt durch der ziehenden Drossel dünnes Pfeifen.

Ein Stern versinkt im schwarzen Moor; ein Eulenruf verhallt im Raunen der Krüppelfuhren; das fahle Gras im Quellgrunde flüstert ängstlich, der Born singt ein dunkles Lied, ein Lied ohne Worte.

Die Dunkelheit beginnt zu leuchten, und die Stille singt und klingt; vergessene Stimmen reden, begrabene Gesichter tauchen auf, reden mit stummen Lippen und sehen mich mit toten Augen an.

Knaben mit hellem Haar, Greise mit lichten Bärten, Mädchen in silbernen Gewändern und Frauen in Nebelkleidern wallen in langem Zuge an mir vorbei; alle drehen die strenggeschnittenen Gesichter nach mir und winken mit weißen Händen langsam und lautlos.

Alle habe ich sie gekannt, alle, alle; sie waren im Moor der Vergessenheit versunken; ich wußte ihre Gesichter nicht mehr und konnte mich auf ihrer Stimmen Klang nicht mehr besinnen, alle die hellen Tage meines Lebens.

In dieser Dunkelheit sehe ich sie deutlich, und laut reden sie mir zu in diesem Schweigen, winken und nicken und seufzen und flüstern und sagen, ihre Sehnsucht nach mir sei groß; sie warten auf mich.

Im Ringelreihen wallen sie um mich herum, im Kringelkreis rücken sie näher zu mir, streifen mich mit kühlen Händen, langen nach mir mit feuchten Fingern, küssen mich mit kalten Lippen, flüstern mir tonlose Worte zu.

Wehrlos bin ich auf den Findelstein gebannt; hinter mir sperren des Wacholders Arme mir die Flucht, vor mir wallt die bleiche Schar mit eng verschränkten Händen. Kalt läuft es mir den Rücken herunter.

Ein lauter Ruf hallt durch die Nacht; im Dorfe kräht der erste Hahn. In Nebel zerfließen die Toten, zum Gesurre des Grases wird ihr Geflüster, zum Rauschen der Zweige ihrer Stimmen Geraune; über das Moor kommt langsam der Tag. Kommt mit Drosselpfiff und Lerchenlied, mit Frühwindpfeifen und Astgeknarre; die Sterne erbleichen vor dem Rosenschein über dem Moor, und der Mond verblaßt vor dem goldenen Licht, das hinter dem Wald auftaucht.

Die Dunkelheit flieht und das Schweigen schwindet; die hohen Birken am Wegrande schütteln den Schlaf aus den Zweigen, die stolzen Wacholderbüsche beugen die steifen Nacken, der Born im Grunde besinnt sich auf ein lustiges Lied.

Die ersten Sonnenstrahlen fallen auf die abgeblühte Heide und versilbern den Reif, zu dem der Frühwind die Nebelperlen erstarren ließ; die Stämme der Birken blitzen und blinken wie Silber, ihre Kronen leuchten und lodern wie Gold, und zwischen allen Wacholderzweigen zittern diamantene Gewebe.

Drommeten und Fanfaren erschallen im Moor; hundert Kraniche grüßen den goldenen Tag; ein Birkhahn schlägt die Trommel dazu, Meisen klimpern das Triangel, Häher und Krähen quarren dazwischen, und hoch aus der Luft ruft der Rabe.

Über weißen Sand und grüne Fuhren, gelbes Moor und braune Heide gehen meine Augen hin und her, den langsamen Füßen voraus; an Postbrüchen wandern sie vorüber, die in allen Farben glühen, an grünen Schneisen vorbei, von Silbertau funkelnd, an alten Fuhren, deren rauhe Stämme wie frischgetriebenes Kupfer glühen, und bleiben immer wieder auf jedem Heidhügel hängen, dessen warmes Braun zwischen harten blaugrünen Zweigen auftaucht.

Sie folgen dem fahlen Hasen, der über die Heide hoppelt, den grauen Rehen, die über die Wege ziehen, dem kreisenden Bussard über den Kronen und der roten Brust des Gimpels, die aus dem Fichtenhorste leuchtet.

Jeden blanken Stein im Wege finden sie, alle tiefen Fährten im feuchten Sande; des Goldhähnchens feurige Haube entgeht ihnen nicht, nicht des Faulbaums pechschwarze Frucht und des Fliegenpilzes brennendroter Hut. Über alles gehen sie fort und wandern immer weiter, von der Heide zum Holz, vom Holz in die Heide.

Wo der Knüppeldamm blank voller Wasser steht, schlägt ein Zweig klingend an den Büchsenlauf; ich hätte gar nicht mehr an die Büchse gedacht; der helle Klang erinnert mich an sie und die Fährten im schwarzen Boden; hier zogen die Hirsche heute nacht. Gestern wechselten sie am Born vorbei, wo ich vorhin saß, wieder vergebens, wie so oft schon.

Aber kein Ärger kommt in mir hoch; danke ich dem Hirsche doch so manchen goldenen Abend, danke ich ihm doch so manchen silbernen Morgen, Nächte voll Sterne und Tage voller Sonne, heimliche Stunden auf dem rostroten Hau und stille Gänge im graublauen Tannengedämmer, wenn die sinkende Sonne dem einschlafenden Walde goldene Träume gab.

Goldene Träume, an die er denkt beim Erwachen; alles um mich herum loht und lodert und leuchtet im Morgensonnenlicht, die modernden Stämme, die welkenden Farne, die faulen Stümpfe, die toten Äste; alles Leben wird lebendiger im Lichte. Die dunklen schräghängenden Fichtenzweige sind erfüllt von dem Gepiepe unsichtbarer Goldhähnchen und versteckter Meisen, Specht und Häher schreien und rufen, Drosseln und Amseln locken in allen Winkeln, Eichkatzen schnalzen in den Wipfeln, auf den moosigen Wurzeln singt der Zaunkönig, und über dem Walde jauchzt der Bussard.

Aber schöner noch als im feuchten, engen Wald ist es auf dem weiten, breiten Hau; der Herbst, der rote Mörder, ist durch den Adlerfarren gegangen und durch die Eichenjugenden; er segnete ihre Blätter mit seiner Bluthand und benedeite ihr Laub mit seinen Mörderaugen; da verloren sie ihre grüne Kraft und ihr frisches Leben, welkten und verdorrten.

Sie starben einen schönen Tod, einen Tod voller Glanz und Pracht; im lachenden Lenz ihrer Jugend und im prangenden Sommer ihrer Kraft waren sie nicht so herrlich geschmückt wie in dem Sterbekleide, das der Herbst ihnen gab.

Die Sonnenstrahlen zittern auf dem Farbengewoge, ziehen Wasserdämpfe aus dem feuchten Gebüsch, brechen sich in weichfließenden Nebelschwaden, prallen mit silbernem Gefunkel von den rindenlosen Stümpfen und mit goldenem Geflimmer von den gehauenen Stämmen zurück.

Ein langgezogener, glasglockenklarer Ruf ertönt, ein ganz unirdischer Laut; ein gellendes Teufelsgelächter klingt hintenher. Ein großer Vogel, schwarz wie die Nacht, von seltsamer Gestalt, stiebt mit hartem Fluge heran und bleibt an dem silbergrauen Stamme der toten Fichte hängen.

Der Schwarzspecht ist es, der zauberkundige Vogel, der die Springwurz wachsen weiß, die aller Türen Schlösser sprengt und aller Frauen Herzen dem, der sie bei sich trägt. Man sieht es ihm wohl an, daß er eigene Künste kann; umsonst trägt er auf dem Scheitel nicht die rote Flamme.

Dreimal in streng bemessenen Pausen rutscht er rasselnd um den rauhen Stamm, dreimal klopft er laut dagegen; dann läßt er seinen sehnsuchtsvollen Glockenruf erschallen, stößt sein Höllengelächter aus und stiebt in den düsteren Wald hinein.

Ich stehe immer noch und starre auf die Farben der Farne und des Laubes Lichter, sinnend, ich weiß nicht was, träumend, ich weiß nicht wovon, sehe wohl einen grauen Fleck zwischen roten Brombeerranken und hohen Halmen, denke aber nicht an Wild und Weidwerk.

Bis der graue Fleck verschwindet und wieder auftaucht im braunen Kraut, die Zweige zittern und die Büsche beben läßt und über den Lauschern weißblitzende Enden weist. Da zerfliegt das Sinnen, zerflattert der Traum, ich ziehe die Büchse von der Schulter und den Kolben an den Kopf; das Auge richtet Kimme und Korn, der Büchsenlauf senkt und hebt sich, der Schuß brüllt durch die Morgenstille, der Häher schreit, die Amsel zetert, in die rotgoldene Farbenpracht der sonnigen Rodung kriecht der blaue Pulverdampf.

In langen Streifen zieht er über die dunklen Binsen und die hellen Halme, schleicht über die braunen Farne und die roten Eichen, wirbelt um den Silberstamm der toten Tanne, flattert durch das glitzernde Astgewirr der gehauenen Fuhren und läßt die Blöße wieder flirren und flimmern in Glut und Glanz.

Über Äste und Zweige, Wurzeln und Stämme trete ich von einem Moospolster zum andern, leise und langsam nach Mörderart. Ich wecke den Bock nicht mehr; er hat den Schuß nicht vernommen; er liegt, als schliefe er, den Kopf zwischen den Läufen; rechts und links von ihm funkeln rote Korallen im dunkelgrünen Moose.

Einen Augenblick zürne ich mir selbst, einen kurzen Augenblick nur. Kurz war der Knall und schnell war sein Tod; wohl dem, dem solch Ende beschieden wird: aus der Sonne hinaus den Sprung in die Nacht hinein.

Füüür

Zwei Tage hatte ich von Brot, Speck, rohen Eiern, Wurst und kaltem Huhn gelebt. Es war ja alles da in der Jagdbude auf dem Lohberge, Kartoffeln, Mehl, Grieß, Graupen, Linsen, Kaffee, Kakao und was weiß ich noch alles, aber ehe ich mich ans Kochen begebe, esse ich lieber altes Brot und gieße die Löcher dazwischen im Magen mit Wasser aus.

Spaß macht das natürlich nicht, vorzüglich wenn man Klocke dreie in der Nacht aufsteht und bis halb sieben pürscht, und so war ich denn heilfroh, als der Jagdaufseher mir sagte, der Wirt im Nachbardorfe hätte angebimmelt, der junge Herr wäre da, und ob ich nicht mit ihm zusammen Mittag essen wollte. So schlug ich denn zehnmal mit der Faust an die Bettlade, als ich mich nach der Frühpirsch lang machte, und schlief mit ruhigem Gewissen ein, weil ich wußte, daß ich Schlag zehn aufwachen würde.

Ich wachte sogar schon eher auf, denn ich schwitzte wie ein Schweinebraten, obschon alle Fenster auf waren. Die Hitze war zu toll. Ich wusch mich von oben bis unten, schloß die Bude von außen zu, stieg auf mein Rad und fuhr los, den Mühlberg hinab, durch Engensen durch, die Straße entlang bis nach Schillerslage. Eine knappe Wegstunde nur, aber gegen steifen Nordost um die Mittagszeit bei solcher Hitze und in dickem Mulm, das gibt 'n schönen Durst. Ich stellte mein Rad auf den Flur und rief: »Frau Wirtin! Zwei Selter mit Mit, und wannehr gibt's Mittag?« Die Wirtin lachte. »Sind Se denn so ausgehungert? Um halbig eine, hat der junge Herr gesagt, wäre er hier.« Halbig eine und jetzt ist's dreiviertel zwölfe. Wenn ich das man überstehe.

So ziehe ich denn den Schmachtriemen drei Löcher enger, bücke mich in das Ganzlederne, lese das Burgdorfer Kreisblatt und sehe ab und zu auf die Straße. Da prallt die Sonne nur so. Alles glüht. Und der Nordost fegt die Chaussee, daß es nur so stürmt. Große gelbe Wolken wirbeln am Fenster her. Ich trinke meinen Himbeerkram und dampfe meine Pfeife. Himmelblau zieht der Rauch durch das Zimmer, scharf abstechend gegen den gelben Staub da draußen, so denke ich halb im Eindösen. Merkwürdig, eben mülmte es draußen gelb, und nun ist der Mulm blau. Und wie dick! Ich glaube, ich träume mit offenen Augen wie'n Krummer.

Da kommt mir plötzlich in meinem Dusel ein Gedanke. Feuer! Hut, Türgriff, raus! Dicker Rauch schlägt mir ins Gesicht, blauer, und gerade gegenüber an der Burgdorfer Straße rechts kommen hinter den grünen Bäumen aus dem blauen Rauch dicke graue Wolken, wie bei einer Lokomotive, die im Anheizen ist. Da rennt auch schon das Volk: »Füüür, Füüür, Füüür!« schreit es hier, »Feuer, Feuer!« da, und da unten im Dorfe geht es »Tuut, tuut, tuut!« Wo ich mein Rad her habe, wie ich hinaufgekommen bin, weiß ich nicht. Weiß nur, daß ich bloß ein paarmal zutrete, abspringe, das Rad an den nächsten Baum stelle und zwischen die paar Leute gehe, die vor dem brennenden Hause stehen.

Ein langer, glattrasierter Mann in braunem Manchesteranzug steht ruhig neben mir und sieht nach dem Schuppen, aus dem Qualm und Flammen kommen. Der richtige Heidjer. Regt sich nicht auf, wenn's keinen Zweck hat. Erst als eine junge Frau, der vom Laufen das blonde Haar aufgegangen ist, nicht aufhören will mit ihrem: »Uguttuguttugutt, dat schöne ni-e Hus«, da wendet er den Kopf halb und sagt gelassen: »Wees' man ruhig, Kattrin, da helpt nix mehr. Un hei kann den Schaden woll bören, is ja 'n wohlhabenden Mann!«

Ich sehe mir die Sache an. Es brennt in der Ecke zwischen Schuppen und Wohnhaus. Da quillt dicker, schwarzer Qualm heraus, und lange, rote Zungen lecken aus dem gelben, stinkenden Dunst. Jetzt die Dampfspritze. Und dann den Strahl hinein, daß das Fachwerk zusammenpoltert, und Wasser auf das Wohnhaus, und das Wohnhaus bleibt stehen. Denn der Wind kommt hinter dem Hause her. Aber so ist hier nichts zu machen; das Feuer frißt gegen den Wind.

Huih, sagt es, ein böser, giftiger Laut, so niederträchtig und heimtückisch und schadenfroh. Eine dicke, gelbe Stinkwolke platzt aus dem blaugrauen Qualm heraus, und lange rote Lohe flattert hoch. Kling, sagt es jetzt. Die Scheiben springen. Buff, und schwarzer Qualm bricht aus dem Wohnhaus. Männer laufen aus und ein, retten unnütze Sachen, der ein Schießgewehr, der ein paar Pötte, der einen Stuhl. Der lange Mann neben mir brüllt: »Seid ji den verrückt? Laat't doch brennen. Is ja all's versichert. Willt ji juck un-glückl'ch maaken?« Aber die Leute hören nicht.

Vor dem brennenden Schuppen liegt ein grauer Klumpen. Ich hab' darauf nicht geachtet. Aber er bewegt sich. Jeß, ein Mensch! Er quält sich mühsam auf einen Ellbogen und starrt in die Flammen. Ein schreckliches Gesicht, aufgedunsen, schmutzig, der struppige Vollbart verklebt und verkleistert, die Hände wie Mistforken, Augen vertiert und stier, und das ein Mensch.

Eine Frau schreit: »Datt olle Swin hett't anneleegt. De Hund!« Ein junger Bursche ruft: »Smit't dat Lork in't Für, den Vagabonde. Slagt vör'n Brägen, den Supsack! Rinn mit ehm! Hei hett et emaket, dat verfluchtige Schinneaas!«

Der Mann neben mir im braunen Velvet bleibt ganz ruhig. Er geht auf den Hof, ruft einen andern Mann, sie fassen den Landstrei-cher an die Schultern, nicht sanft, aber auch nicht roh, ziehen ihn durch die Einfahrt und legen ihn in den Graben. Da liegt er erst eine Weile, krebst sich dann auf die Ellbogen und starrt blöde in das Feuer. Um ihn herum schrillen Schimpfworte, toben Flüche, gellen Hetzreden. Der Unglücksmensch hört nichts. Mit teilnahmslosem Tiergesicht sieht er immer in die Flammen. Einige heißblütige Leute wollen ihm an den Hals. Da kommt wieder mein Nachbar dazwi-schen: »Laat't dat! Dat is jue Saake nich. Bringt ehm in't Sprütten-hus!«

Mit einem Male erwacht der Fremde. Er stellt sich auf die Beine und sieht sich im Kreise um, sagt aber nichts. Und als fünfzig Fäus-te um sein Gesicht sind und fünfzig Stimmen ihn anschreien, spricht er kein Wort, und sein aufgedunsenes, zerfetztes, schmutz-bedecktes Gesicht, seine weitaufgerissenen Augen geben keine Antwort auf die wilden Fragen.

Ich sehe nach der Uhr. Sieben Minuten stehe ich hier, und in der Zeit ist das alles vor sich gegangen. Das Feuer hat schon den Dach-stuhl gefaßt, die Schindeln klirren zu Boden, die Torverschalung knistert, glüht, loht und rasselt herunter. Und immer noch laufen Leute ein und aus und retten. Von allen Seiten schreit man: »Schor-se, laat dat, de Dachstohl brennt all. O Gotte, wenn dat man gaut geiht!« Aber es ist, als wenn sie verrückt sind.

Einen Schrei höre ich, gemischt aus vielen Stimmen, einen entsetzlichen Angstschrei, von Frauensleuten und Kindern zumeist, und auch von Mannsleuten: »Min Mann, min Mann, use Kaarl, Lüe, helpet, o Gotte, Kunrad!« Mir wird ganz kalt trotz der Glut, die von dem brennenden Hause kommt. Es kracht und knarrt und poltert und klirrt, ein dumpfes Donnern, der Dachstuhl stürzt ein, und noch sind Leute da im Hause.

Alles rennt hin und her. Ein dumpfer Knall, und aus sieben Löchern kommen Rauchwolken, schwarze, graue, gelbe, blaue und dicke Flammen. Mein Nachbar wird zum erstenmal falsch: »Hebb eck juck dat nich eseggt! So 'ne Döllmerie! Um 'n ohlen Pott!«

Das Angstgeschrei wächst. Das Herz steht mir still. Und mit einem Male ein Lachen, irrsinnig, verrückt vor Freude, und ein Schreien und dann ein Weinen. »Hei is rut, Gott sei Low und Dank, barmherziger Vater!«

Von der Straße donnert es. Die Spritze kommt. Acht Minuten nach der Meldung. Das ist doch alle Achtung wert. Und doch lacht alles froh, daß man lachen kann nach der Angst von eben: »Hurra, sei kommt! Plaatz, Platz, use Füürwehr! Laat't brennen, wat dat brennen will. Is ja all versichert. Und Schradersvatter kannt' woll maken.«

Die Männer mit den braunen Uniformen, mit den roten Schnüren und den Helmen lachen auch, aber sie wissen auch, was sie zu tun haben. Gegenüber der Giebel, auf den das brennende Sparrenwerk fliegt, kriegt seinen Guß. Und dann, alle Mann tohope, kling, klang, rumms, bumms, die Scheiben klirren, die Mauern poltern zusammen, die Flammen werden kürzer, der Qualm dünner, und jetzt noch mal ein Hurra. Da kommen sie, die Männer von Utze, Burgdorf, Sorgensen, Engensen, Wettmar, herangedonnert mit ihren Spritzen, begleitet von einem Schwarm von Mannschaften zu Rad, fünfzehn Minuten nach Telefonmeldung.

Ja, zu machen ist nichts mehr; aber erst das Feuer dümpen und dann, »Kinner un Lü-e, so jung koomet wir nicht mehr tohope!« Die Wirtsleute wissen nicht, wo sie so schnell so viel Bier herkriegen sollen. Die tolle Fahrt in dem Mulm bei der wahnen Hitze, das gibt Brand in den Hals. Alle Mann an die Spritze, hille, hille! Sind das meine stillen Heidjerbauern? Denen man mit dem Stemmeisen die

Zähne aufbrechen muß, ehe sie drei Worte sagen? Heut aber. »Na denn prost! Herr Wirt, 'n Rundgang. Prost. Un nu willt wie einen singen: Ji lustigen Hannoveraner, seid ji alle toosaamen.«

Ich hab' mitgetrunken und mitgesungen und mitgelacht, bis mein Rad an der Mauer einen Rutsch machte. »Ehlers«, sag' ich zum Jagdaufseher, »nu ist hohe Tied. Min Rad drängt nah'n Stall!« Da lachen sie all und sehen mich noch mal so freundlich an. »De Keerel hett Päreverstand, dat market 'n!«

Die Räder schwankten erst etwas, als sie in die blanke Sonne kamen, dann aber ging's, den nordöstlichen Wind im Rücken, heidi bis Engensen. Aber als ich den Heimweg auf den Lohberg hinaufradelte, fand ich, daß der Fußweg mächtig schmal geworden war.

Aber absteigen brauchte ich doch nicht. Und als ich auf dem Hochsitz am Wullbach saß, blieb ich ganz ruhig, als der Bock hinter dem Schmalreh herzog. Denn erstens hatte ich die hannoversche Sabbatordnung im Kopp, und zweitens konnte ich noch sehen, daß es ein schnickerer Gabelbock war, trotzdem er mit seinen weißen Enden so prahlte, als wäre er ein ganz guter Bock.

Ich habe dann noch lange auf dem Heidbrink gesessen und den Nachtschwalben zugehört, und den Kranichen und Poggen, und so war es meist an elf Uhr, als ich wieder auf dem Lohberge bei der Bude war.

Der Nordostwind kam immer noch steif gegen den Berg, und er sang nicht schlecht, denn er hatte Hilfe. Aus Engensen, die Männer, die sangen ebenso laut wie er, und die von Wettmar auch, als sie mit ihrer Spritze nach Muttern donnerten.

Ich schlief bis Klocke viere. Geträumt habe ich nicht diese Nacht. Und als ich so bei halbig fünfe loszog, da störte meinen Pirschgang durch die Wiesen kein Mäher. Sie schliefen alle noch.

Denn es war ein heißer Tag gewesen und ein großer Brand.

Am Heidpump

Anderthalb Büchsenschuß lang ist er, der einsame Pump in der Heide, und einen Schrotschuß breit. Sein Wasser ist breit und tief. Es hat keinen Grund, sagen die Bauern.

Rund um den Pump wächst hohe Heide in breiten, runden Horsten. Dazwischen ist der Boden naß und schwarz. An dem Rande des dunklen Wassers stehen Rischbülte mit harten, scharfen Blättern.

An der Morgenseite springt ein kleiner Sandbrink vor und bildet eine Landzunge. Darauf steht ein uralter, breiter Machangelbusch.

Er ist kaum so hoch wie ein Mann, der alte schwarze Busch, aber er ist das höchste Ding in der kahlen Heide, und wenn abends die untergehende Sonne rechts und links vor ihm den Pump rosenrot färbt, dann sieht er aus wie ein Zauberschloß. Vielleicht ist er auch eins. In dem Bleisande unter seinen Wurzeln habe ich oft seltsame Spuren gesehen, als wenn da winzige Entchen gewesen wären. Aber so kleine Enten gibt es nicht; nicht einmal die Kricke macht so geringe Spuren.

Kuhlemanns Schäfer meinte, die Zwerge wären das gewesen. Die hätten Entenfüße. Und sie mögen gern unter alten Machangeln wohnen in einsamen Heidbrinken, vorzüglich wenn Wasser dabei ist. Darin spiegeln sie sich, sagt er.

Früher hätte er das alles für Unsinn gehalten, wie es sich die Mädchen in den Spinnstuben erzählen, wintertags, wenn der alte Plaggenofen bullert und der Schnee gegen das Fenster schlägt.

Aber im vorigen Sommer sei er anderen Sinnes geworden über die Sache. Da sei er den Patt entlanggegangen durch die Heide. So um Johanni, bei einer wähnen Hitze, einer Hitze zum Benaudwerden. Und da habe er den Neegenmörder schreiend vor dem Machangelbusch fortfliegen sehen, und wie er hingesehen habe, wäre helles Feuer unter dem Busche gewesen.

Na, und da habe er seine alte Beiderwandjacke ausgezogen und sei schnell nach dem Busche gelaufen, um das Feuer zu dümpen, damit es nicht weiterfräße. Denn der Wind hätte von Südosten gestanden, und es hätte einen bösen Brand geben können. Als er aber meist bei dem Machangel war, da war das Feuer aus, und es war auch kein Rauch da und keine Kohle und Asche auch nicht.

Und nun glaube er, und er lasse sich da nicht von abbringen, was auch Kuhlemann sage und der Lehrer und der Doktor, das wären die Zwerge gewesen, die hätten ihr Gold gesonnt; und deswegen sei er da höllschen schnell von weggegangen, denn die kleinen Leute hätten ihre Nucken und könnten einem leicht etwas anhängen.

Als er mir das erzählte, der alte Schäfer, da machte ich ein ganz ernstes Gesicht. In mir aber lachte ich. Aber wenn ich den Patt entlangging an dem Pump, dann habe ich niemals geflötet, sondern bloß halblaut gesungen. Das muß man tun, sagte der Schäfer, das rechnen sie einem hoch an, die Unterirdischen, wenn man sich bemerkbar macht, damit sie ihre Schätze beizeiten fortbringen können.

Nur flöten darf man nicht, das können sie für den Tod nicht vertragen, seitdem sie von den großen Leuten im Dorfe damit angeführt sind.

Das ist schon hundert Jahre her, aber die Lüttjen haben ein langes Gedächtnis. Ein Jahr ist für sie, was uns ein Tag ist. Darum konnte mir im Dorfe auch kein Mensch mehr sagen, wie das gewesen sei mit den Zwergen, warum sie da weggezogen sind und weshalb sie kein Flöten leiden mögen.

Aber daß die Sache von Kuhlemanns Hof ausgegangen ist, das weiß ich. Der Pump und die Heide darum gehört Kuhlemann. Aber nie wird der Bauer oder wer seinen Namen trägt, bis auf dreihundert Schritt an den Pump gehen. Und seine Knechte wollen auch nicht gern dahin. Darum ist die Heide da auch so lang; denn keiner haut sie.

Weil es da nun so still ist und kaum einmal ein Mensch dahin kommt, haben die wilden Tiere es dort gut. Die Jagd gehört dem Bauern, aber um den Pump jagt er nicht. Er ist nicht abergläubisch, aber der Pump und die Kuhlemanns passen nicht zusammen. Der Großvater des Bauern ist da vom Blitz totgeschlagen und ein Kuhlemannsches Kind ist vor hundert Jahren in dem Pump ertrunken. Das kann alles mit natürlichen Dingen zugegangen sein, aber genau kann man das nicht wissen, und besser ist besser.

Mir hat der Bauer auch gesagt, ich solle dort lieber wegbleiben. Aber ich bin ja kein Kuhlemann und habe mit den kleinen Leuten nichts vorgehabt. Und ich glaube auch nicht an sie.

So bin ich denn auch manches Mal an dem Pumpe gewesen. Mit dem Weidmesser habe ich das tote Holz innen aus dem Machangelbusche geschnitten, habe mir da Plaggen hingepackt und Torfe zum Sitz, und dann habe ich da gesessen zu allen Zeiten.

Ich war im Frühjahr da, wenn rundherum in der Heide die Birkhähne kullerten, die Himmelsziegen meckerten und die Kiebitze riefen vor Tau und Tag.

Im Sommer habe ich da gesessen, wenn um den Pump die Murke blühte, als wäre alles voll Schnee. Dann sangen die Dullerchen, und der Pieper schlug, daß es eine Art hatte.

Eine ganze Mondnacht habe ich in dem Machangel verbracht. Vor mir blitzte das Wasser, in der Heide krispelten die Nachtschmetterlinge, eine Ente plätscherte mit ihrer Brut am andern Ufer, und fern im Moor klagte die Eule.

Auch wintertags bin ich dagewesen, wenn alles weiß war von der Neuen und darauf deutlich verzeichnet war, was von der Forst zur Feldmark gekommen war bei Nacht, Hase und Reh und Marder und Fuchs.

Geschossen habe ich aber meinen Tag nichts an dem Heidpump. Es kam immer etwas dazwischen, oder ich traute mich nicht. Die Hähne balzten sich von dem Schirme weg, der Bock bekam Witterung, der Fuchs schnürte unter dem Winde heran, und die Enten fielen jedesmal zu weit weg ein.

Der Bauer lachte immer, wenn ich mit leerem Rucksack zurückkam, und meinte, warum ich nicht anderswohin ginge. Aber ich kann nichts dafür. Wenn ich den Pump sehe, muß ich dahin. Vielleicht ist es das Gruseln, das mich da immer hinbringt, und weil es da so menschenleer und verloren ist.

Darum mußte ich auch heute wieder dahin. Ich ging um den ganzen Pump und sah in den Ecken viel Entenfedern schwimmen. Auch der Fuchs spürte sich in dem anmoorigen Boden. Da dachte ich, ich könne wohl zum Schuß kommen.

Der Mond ist so hell und die Gardinen sind so dünn und das Bett ist so schwer, daß ich nicht einschlafen kann. Ich höre das Vieh mit den Ketten klirren, der Schimmel schlägt immer gegen die Wand, und Wasser heult den Mond an.

Wenn ich das so recht bedenke, so kommt mir das ganz natürlich vor, was ich heute an dem Pump erlebte. Aber wenn ich die Augen zumache, dann dünkt es mich doch seltsam.

Ich sitze in dem Machangel und rauche vor mich hin. Es ist recht neblig, und weit kann ich nicht sehen. Eine halbe Stunde sitze ich so und denke an dies und das. Das Gewehr habe ich gespannt neben mir liegen. Vor mir ist das Wasser ganz schwarz.

Ich wundere mich, daß keine Enten kommen. Zeit wäre es; denn es schlägt im Dorfe schon halb sechse. Da höre ich es dicht bei mir klingen und sausen, drei, vier schwarze Dinger sind vor mir über dem Pump. Ich reiße das Gewehr an die Backe und drücke einmal, zweimal, aber es blitzt nicht und es kracht nicht, und wie ich zufühle, sind beide Hähne in Ruhe.

Das Merkwürdige dabei ist, daß ich ganz genau weiß, daß ich sie gespannt habe, als ich mich ansetzte. Ich weiß es ganz bestimmt. Ich stopfte mir erst die Pfeife, spannte dann, steckte dann die Pfeife an und sah im Zündholzlicht, daß die Hähne hoch waren.

Wie ich noch darüber nachdenke, poltern die Enten fort, und drüben, genau in der Schußrichtung, ruft der Hütejunge, ich solle auf den Hof kommen. Der Förster wäre da, er wolle mich gern wegen der morgigen Drückjagd sprechen.

Hätte ich geschossen, so hätte ich den Jungen getroffen. Eine merkwürdige Sache, daß die Hähne nicht gespannt waren. Und ich weiß doch, daß ich sie übergezogen hatte.

Ich muß das Fenster aufmachen; mir ist zu heiß. Von hier aus kann ich bis an den Pump sehen; ich sehe ihn selbst nicht, aber den Wacholder als dunklen Fleck. Und bei dem Busch ist helles Feuer, grünlich glimmendes unirdisches Feuer, wie ich es noch nie sah.

Ich glaube, ich glaube, der Schäfer hat recht. Die kleinen Leute haben mich vor Unglück bewahrt.

Im weiten weißen Moore

Seit dem ersten Frost gab es nichts Helles mehr im Moore als die weißen Stämme der Birken und die beiden runden Weidenbüsche, deren Fruchtkätzchen die silberne Samenwolle behalten hatten im Gegensatze zu allen anderen Weidenbüschen.

Der Post hatte seine roten Blätter verloren, die Birken mußten ihr goldenes Laub fortgeben, die sauren Wiesen waren abgefroren, und so lag das Moor stumpf und tot da.

Alle seine lustigen Vögel waren verschwunden, alle die hellen Gestalten, die es im Sommer belebten. Keine weiße Weihe strich mehr über den Post, kein Kiebitz gaukelte mehr über den Wiesen, selbst das Birkwild verschwand, und die Krähen zogen fort nach der Geest. Allen war es zu kalt und zu naß im Moore.

Tagelang sang dann der Nordwestwind dort seine grämlichen Lieder; wenn die Sonne mit rotem Gesichte über die Heidberge kam, stürmte er ihr entgegen und langweilte sie so lange mit seinem öden Gesinge, bis sie ärgerlich hinter den grauen Wolken verschwand. Dann hatte der Wind wieder die Oberhand und goß Wasser über das Moor.

Da kam der Mond der Sonne zur Hilfe; er brachte den Südostwind mit; der jagte die Wolken vom Himmel und trocknete das Wasser im Moore auf, und eines Morgens war das ganze Moor silberweiß von Rauhreif, so silbern, so weiß, daß die weißen Birkenstämme und die beiden silbernen Weidenbüsche völlig verschwanden.

Aber schon mittags war der trübsinnige Wind aus Nordwesten wieder da; er wischte mit langen nassen Nebellappen den Silberreif von Baum und Busch, Heide und Halm, schnaufte im Risch, stöhnte in den Ellern wehleidig und weinerlich und verleidete den wenigen Vögeln, die in das Moor zurückgekehrt waren, die Heimat wieder. Nur der Hühnerhabicht, der Strauchdieb, fühlte sich in der grauen Luft wohl und mordete den lustigen Häher und den zutraulichen Gimpel.

Und dann wechselte das Moor wieder sein Kleid; um den vollen Mond sammelten sich dicke, gelbe Wolken, die alle Sterne verhüllten, und um Mitternacht fielen weiche, weiße Flöckchen herunter, blieben an den Halmen hängen, an des Postes Kätzchen kleben, hafteten an dem Heidekraute, fielen auf die Fuhren, überwallten die Wacholder, umbanden die Birken, umwanden die Weiden, hüllten das ganze Moor in ein weißes Kleid.

Mit der Sonne kam ich über die Geest; blau lief mein Schatten vor mir her auf dem Fahrwege durch die Heide, auf dem Knüppeldamm durch das Holz. Gestern war alles grau und braun und fahl und düster und trübe und still und tot, heute ist die Welt hell und heiter und laut und lustig: In den verschneiten Fuhren schwatzt der Häher, in den jungen Birken lockt der Gimpel, in den Fichten lärmen die Meisen, und der klare Bach am Wege, der gestern so schläfrig floß, sprudelt munter durch die moosigen Irrblöcke, die die Brücke über ihn bilden.

Das ist ein wunderschöner Platz; zwei hohe alte Fichten, regelmäßig gewachsen und über und über mit roten Zapfen behängt, halten dort Wacht; um ihre Wurzeln kauern sich gespenstige Wacholder, spreizen sich unheimliche Stechpalmen, leuchtend von feuerroten Beeren; und der Spindelbaum neben ihnen ist über und über mit rosenroten Kapselchen behängt, aus denen die gelben Samenkörner hervorleuchten.

Hier hat die Heide ein Ende, hier hört der Wald auf, und hier ist die Grenze zwischen dem bunten Leben und dem weißen Tod. Meisenflüge schnurren durch die verschneiten Fichten; braune, graue, bläuliche Federbällchen, gelbbäuchig, weißbackig, langgeschwänzt und spitzgehäubt, kobolzen durch die Äste, hängen sich an die Zweige, daß der Schnee pulvert und rieselt; ein Buntspecht klopft an einen Tannenzapfen, eine Eichkatze wirft große Schneebälle herab, eine wilde Taube klappert fort, Goldammern zirpen über den verschneiten Knüppeldamm, Häher lärmen in der Fuhrendickung, ein Zaunkönig krispelt in dem gelben Adlerfarn herum; ein Dutzend Gimpelhähne fallen flötend in den Birken ein, ihre roten Brüste schimmern in den Zweigen wie märchenhafte Blumen, mit scharfem Schrei fährt der Eisvogel den Bach entlang, ein Blitz aus leuchtendem Blau und funkelndem Grün.

Keines von all den bunten, lauten, lustigen Wesen geht mit mir in das Moor, das weiß, kalt und tot vor mir liegt, endlos und ohne Grenzen. Ein neues, unentdecktes Land ist es heute; keines Menschen Fußspur hat seine Schneedecke gefurcht; auch Reh und Hase, Otter und Fuchs, Marder und Iltis haben hier keine Zeichen hinterlassen; der erste Schnee ängstigte sie, und verschüchtert blieben sie in ihren Löchern und Lagern. Jetzt, nachdem die Sonne auf dem Moore liegt und es mit schwachen blauen Schatten und gelblichen und rosigen Tönen färbt, regt sich schüchtern ein wenig Leben.

Eine Krähe quarrt über die Einöde, zwei Birkhähne sausen über die Wüste, drei Enten klingeln der Aller zu; hier und da treten die Rehe aus den braunen Postbrüchen, aus den dunklen Ellernrieden, aus den gelben Rohrdickichten, verbeißen die braunen Blütenknospen, scharren den Schnee von den Grabenrändern und suchen ein grünes Blatt, ein frisches Kraut. Riesengroß und dunkel heben sie sich von der Schneefläche ab.

Hier vorn im Moor, unter dem Holze, hat die Sonne noch etwas Kraft; selbst in die Ruhe des ersten Wintertages bringt sie Bewegung. Es tropft von den Ästen, fällt von den Zweigen, stäubt aus den Kronen und rieselt aus den Nadeln. In der kleinen Bachbucht sind die schwarzen Wasserläufer lebendig, die blanken Taumelkäfer blitzen und die Ellritzen schießen jäh zwischen dem schwarzen Kraut hin und her über den hellen Kiesgrund.

Hinter der Ellernriede aber, die den Bach umsäumt, hört alles Leben, alle Bewegung auf; je weiter ich in den weißen Schnee hineinwate, je tiefer ich in das Moor komme, desto fremder, unbekannter und rätselhafter wird es mir. Ich kenne jeden Weg und jeden Steg hier, jeden Graben und jeden Pfahl, jeden Busch und jeden Baum, aber in seiner Schneevermummung sieht jedes Ding heute anders aus.

Aus den dunklen Schirmfuhren sind weiße Riesenpilze geworden, die mürrischen Wacholdermännchen haben weiße Hemden angezogen, die braunen Gräben füllt ein grauweißer Brei, die einsamen Viehställe sind ganz untergetaucht unter ihrer Schneebekleidung, und das weite braune Postmoor ist versunken in der weißen Decke und verschmilzt an seinen Rändern ganz und gar mit der grauweißen Luft.

Mit lautlosen Schritten geht die Stille durch das Moor; kein Vogellaut ertönt. Der Angstschrei der Bekassine, die ich aufjagte, verweht im Nu, des Neuntöters Warnruf verschwindet in der Lautlosigkeit, des fernen Dampfers dunkles Geheul scheint nur ein Wahn zu sein, und das verstohlene Gemurmel des Ellernbaches ist nach drei Schritten vergessen. Weiße Stille, stumme Weite, unendliche Lautlosigkeit, regungslose Ruhe ist rund um mich her, vor mir, hinter mir, über mir, unter mir und zu meinen Seiten.

Die Sohlen der langen Krempstiefel drücken lautlos den Schnee nieder; streift der Kolben der Büchse einen Busch, so fällt der Schnee lautlos herab, lautlos trabt der Hund hinter mir her, lautlos huscht ein weißes Wiesel in den Weidenhorst, lautlos ziehen die Rehe über die Wiesen, lautlos flattert eine Rohrammer von Busch zu Busch vor mir her.

Jeden Laut hat die weite Stille aufgesaugt, jede Farbe ist darin untergegangen; es gibt nur blendende Farblosigkeit und dunkle Flecken, die sie noch mehr entfärben; die blauen Schatten der Fuhren, die gelblichen und rosigen Lichter in der Ferne sind zu zart, um Farbe in die Farblosigkeit zu bringen, und je weiter ich wandere, um so stärker wird das Gefühl in mir, als wäre ich blind und taub und stumm, als wäre ich selber nur ein Schatten, und ab und zu bleibe ich stehen, sehe zurück und überzeuge mich, daß meine Schritte Spuren hinterlassen.

Und weiter und weiter geht es, an todeinsamen Birkenwäldchen vorbei, in denen nicht eine Meise lockt, vorüber an tiefverschneiten Fichtenhorsten, in denen kein einziges Goldhähnchen piept, auf engen Stegen durch die schneebeschwerten Postdickichte, in denen keine Spur munteren Lebens sich zeigt, über die weißbedeckten Wiesen, deren Eintönigkeit keines Strauches hellblauer Schatten unterbricht, an dem Moorgraben entlang, dessen langsames Wasser nicht das leiseste Geräusch macht, an gelbem Rohr, dessen starre Blätter keinen Flüsterton wagen.

Weit, weit weg hallt ein Schuß; häßlich klingt er mir. Ich bin ja hier im Moor, um zu jagen, und die Tage vorher habe ich mich niemals besonnen und schnell den Finger krumm gemacht.

Heute möchte ich das nicht. Vor mir stehen die Rehe; leicht wäre es mir, mich an sie heranzupirschen, der Wind ist gut, die Ellern lassen mich unsichtbar sein, und der Schnee macht meine Füße lautlos.

Aber ich mag nicht schießen; ich scheue den Donner des Schusses in dieser weißen Stille, des Hundes giftigen Hals bei der Hetze in diesem geheimnisvollen Frieden, und die hellroten Flecken auf der keuschen Reinheit in diesem weiten weißen Moore.

Die rote Beeke

Die Morgensonne wirft Rosen und Gold in die Heide, legt Kupferglanz auf die Fuhrenstämme und Maiengrün auf die Machangelbüsche.

Von dem Beekhofe kommt ein junger Mann; langsam steigt er den Heidberg hinauf; seine braune Rechte hält das lange Beil.

Auf dem Kamme des Anberges macht er halt und sieht sich um, auf das Eisen des Beiles gestützt, über die Bachwiesen tanzten noch die Nebelfrauen, er muß warten.

Er sieht nach der Sonne und nach den Raben, die vor ihr herziehen; sehr viele Raben fliegen heute und alle haben denselben Weg, und über ihnen rudern Adler.

Der Jungkerl hält den Kopf schief und horcht auf das dumpfe Bullern, das über die Heide kommt. Hinter ihm warnt der Neuntöter. Der Mann dreht sich um; da kommt ein Mensch über die Heide.

Lang und dünn ist er, und seine roten Haare leuchten in der Sonne; auf dem Rücken hat er einen Fellsack und auf der rechten Schulter den Ledermantel. Er ruft wie der Rabe, heult wie der Uhu, schreit wie der Habicht, kreischt wie der Häher, trillert wie der Schwarzspecht und flötet wie der Regenpfeifer.

Der junge Bauer lacht; er kennt den Wandersmann: Renke ist es, der Spielmann, der Liedersänger, Geschichtenerzähler, Viehbesprecher, der heimatlose Allerweltsfreund.

»Schönen Morgen auch, Beekmanns Sohn«, ruft der Fremde laut; »bleibe oben, mein Lür, und schone deine Beine; deine Wolfsfallen habe ich schon nachgesehen; drei waren darin, sind es noch; ich schlug sie tot. Und wie geht es, und wie steht es? Was macht Vater und Mutter und Hille vom Brinkhof?«

Lachend schlägt Lür in die langfingerige, braune, goldhaarige Hand. »Sollst bedankt sein, Renke, ist alles wohl, bei uns und bei Brinkmanns. Das wird Wetter! Die Moorhühner spielen. Wir haben noch Grumt da unten; den wollen wir einholen; dazu spielst du uns auf und bleibst dann bei uns.«

Renkes Schelmengesicht wird ernst. »Kein Heuwetter von Tage, Lür, Schlachtefestwetter. Und das sind nicht die Moorhähne, Junge, und das ist kein Minnespiel, Sohn, und das ist Mord und Tod, Kind.

Und zum Heuraffen kann ich auch nicht aufspielen. Laßt das Heu liegen, wo es liegt; es liegt da gut; jagt die Gäule in die Heide, treibt das Vieh in das Bruch, und verkriecht euch in Rohr und Risch, daß der Franke euch nicht findet! Das wird Wetter heute, ja, ja; die Moorhühner spielen, die Raben fliegen, die Adler ziehen nach Westen. Fiedeln soll ich, Renke soll fiedeln, zum Tanz aufspielen bei der großen Fähre, den Köpfen aufspielen, die im Sande tanzen werden.

Ist das die Sonne da, das rote Ding, oder ist es ein abgehackter Hals? Ist das Heide, die vielen roten Flecken da, oder ist das Blut? Junge, ich sage dir, nimm deine Beine und lauf: Karl ist bei der Fähre und hält Gericht über tausend Mann und abermals tausend Mann, und noch einmal soviel und über die Hälfte von tausend.

Junge, ich sage dir, die Beeke bei eurem Hofe, die wird drei Tage rot fließen, und alle Fische werden abstehen, die in ihr sind, und kein Vieh wird aus ihr saufen und die Frösche werden auf das Land kommen.

Lauf, Junge, und laß dich drei Tage nicht sehen, und schicke den Meldeknüppel nach dem Brinkhofe. Ich muß weiter; bei der Fähre braucht man Renke, den Spielmann, Renke, den Sänger, Renke, den Narren, damit außer der Sonne noch einer lacht. Pfui, daß du lachst!«

Er sieht nach der Sonne und spukt nach ihr hin. Lür läuft den gelben Pfad hinab. Der Spielmann geht schnellen Schrittes mit krummen Knien in die Heide hinein, sein rotes Haar leuchtet in der Sonne, und sein Gesicht ist blaß und hart.

Er, der jeden Vogel bei Namen kennt, der eines jeden Ruf und Stimme nachmachen kann, der sich mit Adler und Eule, Rabe und Reiher zu unterhalten pflegt, er hört heute nicht der Heidlerche Locken, nicht der Drosseln Wanderschrei; das Kinn auf der Brust, trottet er durch Sand und Moor, Heide und Wald.

Immer, ehe er an einen Hof kommt, verzieht er zum Lachen sein Gesicht, bringt Lustigkeit in seine Augen, Frohsinn in seine Schritte, und wenn er ein Menschenkind erblickt, dann macht er erst seine

Witze. Und dann warnt er, wenn er sieht, daß kein fremdes Gesicht auf dem Hof ist, kein Händler, kein Späher, kein Frankenknecht.

Denn die Zeiten sind schlecht und die Tage sind schlimm; der Wolf auf der Heide hat es besser als der Bauer; Galgenholz ist billig im Lande, und Stränge wachsen an jedem Bache; Treue steht gering im Preis, und Verrat wird gut gelohnt.

Eine Stunde vor der großen Fähre macht er im Quellbusche Rast; essen muß der Mensch, und wenn er Eis auf dem Herzen hat und Feuer im Hirn. Langsam schneidet er Brot und Speck, langsam kaut er, langsam trinkt er aus dem Lederbecher, aber seine Augen sind weit weg, seine großen hellblauen Augen.

Er wischt das Messer im Moose ab und schnürt den Fellsack zu. Da horcht er auf und lauscht nach dem Wege hin. Wieherte da ein Pferd, rief da ein Mensch? Wie ein Luchs duckt sich der Goldkopf, wie eine Adder springt er hoch. Drei runde Steine rafft er aus dem Sande, Mantel, Schuhe, Fellsack und Kappe gräbt er unter das Moos, prüft mit nassem Finger den Windgang, sieht sich spähend um, schleicht in den Busch, watet den Quellbach hinauf und drückt sich in das Moos.

Da kommen sie: an der Spitze reiten drei Mann, es folgt ein fränkischer Ritter, dann stolpern zwanzig Bauern daher, an einen Strick gebunden, barhäuptig, Striemen auf den bloßen Rücken, Schweiß in den blonden Haaren, Blut auf den blassen Lippen, und hinterher reiten wieder drei Mann, und bei ihnen hecheln sechs Bluthunde.

An dem Quellbache macht die Rotte halt; die Reiter springen ab, tränken die Pferde, kühlen sich die Stirnen und trinken. Die zwanzig blassen Bauern stieren nach dem Wasser; sie sind halbverdurstet vor Todesangst. Der Ritter lacht: »Wasser für euch? Kriegt heute noch genug zu trinken, ihr Lümmel; fort da!« Und er steigt wieder auf. Die Eisenklappe hält er in der Hand.

Renke im Busch beißt sich die Lippen weiß, und seine Eckzähne leuchten. Alle läßt er sie aufsitzen, dann legt er den Stein in den Riemen, doppelt den Riemen, läßt ihn um den Kopf sausen, sieht mit weitaufgerissenen Augen und offenem Munde starr nach der weißen Stirn des braunen Ritters, macht mit der Faust einen Ruck, lacht leise pfeifend im Halse, springt in den Bach, aus dem Bach in die Eiche, und da hängt er und lacht und lacht in sich hinein.

Der Trupp auf dem Wege wimmelt hin und her, wie Ameisen unter eines Menschen Tritten. Was ist das? Was war das? Hast du es gesehen? Habt ihr es gemerkt? Traf der Schlag den Herrn? Es ist Blut an seiner Stirn! Und der Schädel ist auf! Ein Schlag, das ungewohnte schwere Honigbier! Und das Blut? Er stürzte auf einen Stein. Da liegt der Stein. Rot ist er. Sie binden den Ritter auf sein Roß und reiten weiter. Rief da nicht eine Eule im Busch? Eine Eule am Tage? Die Franken zucken zusammen. Die gebundenen Bauern stoßen sich vorsichtig an. So ruft nur eine Eule, die rote Federn hat, die fiedeln und singen und Witze machen kann, gute Witze und schlechte Witze, blutige Witze. Sie lachen in sich hinein, die zwei mal zehn. Und wenn wir heute auch sterben, noch im Tode soll uns Renkes Witz freuen.

Der sitzt in der Eiche und lacht nicht mehr. Er schnattert vor Wut mit den Zähnen und murmelt vor sich hin: »Einer, bloß einer. Und zwanzig, die ich kannte, zwanzig, an deren Tisch ich saß, in deren Heu ich schlief, deren Brot ich aß, deren Hände ich drückte. Brüder, meine Brüder, ich sehe euch nicht mehr.« An der rauhen Borke der Eiche laufen seine Tränen entlang.

Renke, wo hast du die Tränen gelassen, Renke, wo hast du das Lachen her? Ist dein Herz wie der Wind vor dem Regen, bald so, bald so? Hat die Wut deinen Geist gestört? Sitzest da zwischen Frankenknechten und rheinischen Dirnen, trinkst ihren Wein und ißt ihr Brot und singst ihnen Lieder.

Singst Lieder, wo die Luft voller Todesschweiß ist, lachst, wo die Raben auf allen Bäumen hocken, scherzest, wo die Adler über die Fähre kreisen? Aber warum sollst du nicht lachen, lacht die Sonne doch auch, und die blühende Heide, und das blitzende Wasser.

Denn es ist ja so schön hier an der Fähre und so bunt. Der Hochsitz für den König ist mit Purpur gedeckt, mit Scharlach bespannt und mit Gold besponnen, der Wind schwenkt tausend bunte Fahnen, aus Tausenden von Schilden blitzen Funken, die Luft ist voll von Rossegewieher und erfüllt von Hundegebell, und der weiße Altweibersommer zieht lustig dahin.

Gib acht, Renke, der König kommt! Dreißig Mohren blasen die goldenen Hörner, dreißig Mohren schlagen die goldenen Pauken. Siehst du die Kamele mit den purpurnen Zelten, aus denen des Königs Kebsen lachen? Die Knaben mit den geschminkten Gesichtern, die Zwerge, Riesen, Narren, Gelehrten, Priester, Ritter? Die Händler aus Italia, die Gaukler aus Roma, die gallischen Metzen? Die Menschenschlächter, die in Ketten gehen, Diebe, Mörder, Eidbrecher, feile Knechte?

Siehst du den König? Der fette Mann ist es, der in der purpurnen Sänfte, der mit dem blassen dicken Gesicht, der ohne Art, der, den die sechs Mohren tragen, den die zwei Mohren mit Wedeln aus Pagelunenfedern fächeln, vor dem sich alle Köpfe neigen, dem jeder Mund zuruft. Schrei mit, Renke, so laut du kannst! Die Dirne an deiner Linken, der Knecht an deiner Rechten, sie spähen dich aus. Schreist du nicht mit, dann ist dein Kopf kein Hühnerei wert.

Und Renke schreit, schreit so laut wie keiner um ihn. »Heil! Heil!« schreit er und schwenkt die Kappe und starrt nach dem König; sein Mund lacht, lacht, wie er nur lachen kann, wie er lacht, wenn Renke auf der Diele eines Heidhofes steht und das junge Volk beim Scheine der Kienspäne nach seiner Fiedel tanzt.

Vor dem purpurnen, scharlachbespannten, goldgezierten Hochsitz knien die sechs schwarzen Träger nieder, und aus der purpurnen, scharlachbespannten, goldverzierten Sänfte steigt mühsam, von hohen Herren gestützt, stöhnend und seufzend der König; Südlands Wein und Südlands Weiber machten seine Glieder lahm. Seine Augen blicken stier, seine Lippen sind schmal, er hat die Nacht schlimm geträumt und der Schlaftrunk bekam ihm schlecht; er ist blaß und unter seinen Augen sind blaue Löcher.

Um ihm herum lächeln alle Lippen und zittern alle Herzen. Der König hat üble Laune; da sitzen die Köpfe lose, und nicht nur die viertausendfünfhundert blonden Köpfe der Bauern und Hirten, Jäger und Fischer, Köhler und Flößer, die in Trupps von je hundert Mann hinter einem dreifachen Zaun von Lanzen und Spießen gefesselt und geknebelt dem Tode entgegensehen.

Auf dem purpurnen, scharlachüberspannten, goldumsponnenen Hochsitze hinter dem blaublitzenden Wall geharnischter Speerträger taucht der König auf. Sein weißes, rotgesäumtes, goldgesticktes

Kleid schimmert in der Sonne. Rechts und links von ihm kauern seine Kebse, die blonde Lombardin und die schwarze Provenzalin, auf bunten Kissen, und im Kreise um den Königsstuhl stehen die Großen: Herzöge, Geheimschreiber, Marschälle, Priester. Zur Seite steht in grünem Gewand der maurische Arzt und sieht unverwandt den König an; ein schwarzer Junge neben ihm hält einen Standkasten mit Arzneibüchsen.

Zwei Trommeln ertönen, zwei Hörner erschallen; lautlose Stille liegt über den Tausenden von Menschen, die rundumher auf den Sandbergen stehen.

Ein Mann in langem, schwarzem, goldgesticktem Rocke tritt vor den König, verbeugt sich tief und nimmt mit den weißen Händen den breiten, langen Schweinslederstreifen entgegen, an dem blutrot des Königs Siegel pendelt. Zwei Trommeln ertönen, zwei Hörner erschallen, dreimal und dreimal und noch dreimal. Der Mann im schwarzen, goldgestickten Rock tritt an den Rand des Hochsitzes und liest laut das Schriftstück. Aus der Menge kommt kein lauter Atemzug.

Höfisch ist das Wesen des Schwarzrockes, und gut setzt er seine Worte, aber das, was er spricht, ist Blut und Tod, das Blut von viertausendfünfhundert Getreuen, der Tod von viertausendfünfhundert Gerechten, die ihre Hälse lieber dem Beile beugen, denn fränkischem Recht und fremder Art. Sie schlugen am Süntel das Frankenheer, hängten Karls Verwalter an die Weidenbäume, opferten die Priester bei den großen Steinen, setzten den roten Hahn auf die Zinshäuser, machten die Bethäuser dem Erdboden gleich und warfen die Rolande in die Dorfteiche; freie Männer wollten sie sein im freien Lande.

Freie Männer werden sie sein im freien Land, in dem Lande, wo es nicht Herr noch Knecht, nicht Recht und Gesetz, nicht Treue noch Verrat gibt. Ihre Köpfe werden in den Sand rollen, und ihr Blut wird in den Graben laufen, der sich zwischen gelben Sandwällen nach der Beeke hinzieht. Viertausendfünfhundert Witwen und Bräute weinen heute im Lande, und alle Adler und Raben, alle Wölfe und Füchse werden bersten vor reichlichem Fraße.

Renke, wenn du jetzt den Riemen aus dem Busen holtest und den runden Stein aus der Tasche und schwängest den Riemen, mit aufgerissenen Augen und offenem Munde nach der weißen Stirn unter der goldenen Krone starrend, und gäbest deiner Faust einen Ruck, und der Stein zerschlüge den Schädel des Frankenkönigs, daß sein Hirn in die Gesichter der Großen spritzte und sein Blut auf das purpurne Tuch liefe, Renke, dann hättest du nicht umsonst gelebt.

Von der Emse bis zur Elbe würde ein Schrei erschallen, würde in allen Bergen und Wäldern, in allen Heiden und Marschen, in allen Brüchen und Mooren erklingen, unter allen Strohdächern würden die langen Beile geschliffen, aus allen Weidenruten Stränge gedreht, von allen Fuhren das Harz gekratzt, aus allen Rohrhalmen Fackeln gebunden, aus jedem Haselschoß ein Pfeil geschnitzt, aus jedem Zopfe eine Sehne geflochten.

Die Hillebillen würden klingen den ganzen Tag über, und die Wildochsenhörner würden heulen von früh bis spät, und von der Ulenflucht bis zum Hahnenschrei würden die roten Feuer auf allen Bergen und Hügeln zucken. Alle Engpässe und Hohlwege würden sich mit Steinblöcken füllen und mit Stämmen und Ästen, auf allen Wegen wären Wolfsgruben mit scharfen Stangen am Grunde, alle Wehre ständen offen und alle Wässer liefen in die Gründe, aus allen Höfen, aus allen Brüchen, aus allen Wäldern strömten die Männer und Jungkerle zusammen, Bluthunger im Blick.

Und Weking, der verschollene Herzog, würde dasein und die Haufen um sich sammeln, die von der Emse und von der Lippe, von der Aller und von der Weser kommen, und kein Franke würde leben bleiben im Lande; alle müßten sie unter die Erde. Die Adler und die Raben sollten platzen und die Wölfe und Füchse bersten vor Wohlleben, und auf den Ästen der Eichen bei den großen Steinen würden die Köpfe der hohen Herren von den bunten Meisen zerhackt.

Hole den Riemen hervor, Renke, und den Stein, und dränge dich durch. Es ist Zeit. Der schwarze Mann hat zu Ende gesprochen. Der König bricht den weißen Stock. Viertausendfünfhundert blonde Köpfe sind fällig. Viertausendfünfhundert Hälse sind in Gefahr. Viertausendfünfhundert Männerherzen stehen still. Neuntausend blaue Augen brechen.

Aber du bist festgekeilt in der Menge, Renke. Und tausend gepanzerte Speerknechte stehen vor dir, und tausend gepanzerte Reiter haben zur Rechten und Linken Aufstellung genommen, und überall sind Späher und Verräter, und vierhundertfünfzig nackte, rotgeschürzte Henker stehen in einer Reihe vor den vierhundertfünfzig weißen Eichblöcken unter dem Hochsitze des Königs.

Renkes Augen werden ganz groß, in seinen Backen ist kein Blut, seine Lippen sind blau, seine Finger werden weiß und kalt. Zwischen den Mauern der blitzenden Speerknechte und der blinkenden Reiter kriecht von rechts und links eine Schlange heran, mit dunklen Seiten und weißem Rücken. Die dunklen Streifen sind Kriegsvolk und der weiße Strich sind die nackten Körper der todgeweihten Männer.

Renkes Augen werden noch größer, und sein Herz steht still. Dann macht es einen wilden Sprung, und der Atem in seinem Halse pfeift dünn und scharf. Die vierhundertfünfzig weißen Eichblöcke sind doppelt so groß geworden und über jedem blitzt ein silberner Schein. Zwei Trommeln ertönen, zwei Hörner erschallen, ein scharfer Ruf erklingt, vierhundertfünfzig Blitze zucken auf die vierhundertfünfzig Eichblöcke hernieder. Hundert Trommeln dröhnen, hundert Hörner brüllen, ein tausendfaches Keuchen kommt von den menschenbesetzten rosenroten Heidhügeln ringsumher.

Noch neun Male ertönen die Trommeln, erschallen die Hörner, noch neun Male kriechen die beiden schwarzen, weißrückigen Schlangen zwischen den blitzenden, blinkenden Mauern der geharnischten Speerträger und Reiter unter dem purpurnen Hochsitze her, noch neun Male keucht und stöhnt es von den rosenroten Heidhügeln, noch neunmal fahren die vierhundertfünfzig silbernen Blitze auf die Eichenblöcke, aber die sind nicht mehr weiß und rein, sie sind rot und schmierig.

Hinter dem hohen Heidberge kommt eine schwarze Wolke herauf und stellt sich vor die Sonne. Der Wind geht kalt. Rundumher heulen in der Heide die Wölfe. Der purpurne Hochsitz ist leer, die blanken Speerträger und die blitzenden Reiter sind verschwunden. Der Abend fällt grau auf die Erde; vor den Zelten zucken die Feuer. Wandernde Kiebitze und ziehende Brachvögel rufen und pfeifen jämmerlich.

Am Ufer der Beeke sitzt der Fiedler und sieht in das Wasser. Das ist rot und dick und riecht schrecklich, und die Fische stecken die

Köpfe heraus und schnappen nach Luft. Stumm und steif hockt der Spielmann an dem Machangelbusche die ganze Nacht, in seine Augen kommt kein Schlaf. Er hört den Uhu rufen und den Fuchs bellen, die Wölfe heulen und die Marder kreischen, und er sitzt da und sieht die Zukunft, und die Rache, die sie bringt.

Die Heidlerche lockt, die Wanderdrosseln streichen, Renke steht auf, schüttelt sich und trottet eilig mit krummen Knien die rote Beeke entlang über Heide und Moor, durch Bruch und Wald. Mit dem Rufe des Totenvogels weckt er den Schnuckenschäfer; der Schäfer sieht den fremden Mann unsicher an. Ist das Renke, der Goldkopf? Sein Haar ist silberweiß. Ist das Renke, der Spaßmacher? Sein Lachen ist zerbrochen. Ist das Renke, der Sänger? Seine Stimme ist zersplittert.

Renke der Rächer ist es. Hohl flüsternd bringt er von Hof zu Hof, von Dorf zu Dorf, von Gau zu Gau die Kunde von dem grausen Schlachten bei der großen Fähre. Er ißt hastig einen Bissen, trinkt gierig einen Schluck, wirft sich eine Stunde auf das Stroh, springt wieder auf und wandert mit krummen Knien weiter, von der Weser nach der Emse, aus der Heide in die Berge, von den Bergen in das Moor, vom Moore in die Marsch, von der Marsch auf die Geest.

Renke ist der Überall und der Nirgendwo, der Ebenda und der Nunschondort, der lebendige Racheruf, der hastende Wutschrei, das eilende Hetzwort. Wo sein weißer Kopf auftaucht, werden die Augen groß und die Lippen blaß, ballen sich die Fäuste und krallen sich die Finger; wo seine hohle Stimme flüstert, schärfen sich die Beile, spitzen sich die Speere, werden die langen Messer blanker.

Und so wie Renke rennen viele hundert Männer von Hof zu Hof, von Dorf zu Dorf, von Gau zu Gau, Spielleute, Geschichtenerzähler, Sänger, Gaukler, Viehbesprecher, Wolfsjäger, Lachsfischer, Imker und Flößer, alles Männer aus dem Sturmigau, die bei der großen Fähre waren an dem Tage, da das Wasser der Beeke rot floß, weil König Karl es gebot.

Der denkt, es ist Ruhe im Lande. Aber er vergißt Weking und das Lied, das unter jedem Strohdache gesummt wird, das Lied vom aisken Schlächter und von der roten Beeke.

 tredition®

Über tredition

Eigenes Buch veröffentlichen

tredition wurde 2006 in Hamburg gegründet und hat seither mehrere tausend Buchtitel veröffentlicht. Autoren veröffentlichen in wenigen leichten Schritten gedruckte Bücher, e-Books und audio-Books. tredition hat das Ziel, die beste und fairste Veröffentlichungsmöglichkeit für Autoren zu bieten.

tredition wurde mit der Erkenntnis gegründet, dass nur etwa jedes 200. bei Verlagen eingereichte Manuskript veröffentlicht wird. Dabei hat jedes Buch seinen Markt, also seine Leser. tredition sorgt dafür, dass für jedes Buch die Leserschaft auch erreicht wird.

Im einzigartigen Literatur-Netzwerk von tredition bieten zahlreiche Literatur-Partner (das sind Lektoren, Übersetzer, Hörbuchsprecher und Illustratoren) ihre Dienstleistung an, um Manuskripte zu verbessern oder die Vielfalt zu erhöhen. Autoren vereinbaren direkt mit den Literatur-Partnern die Konditionen ihrer Zusammenarbeit und partizipieren gemeinsam am Erfolg des Buches.

Das gesamte Verlagsprogramm von tredition ist bei allen stationären Buchhandlungen und Online-Buchhändlern wie z. B. Amazon erhältlich. e-Books stehen bei den führenden Online-Portalen (z. B. iBookstore von Apple oder Kindle von Amazon) zum Verkauf.

Einfach leicht ein Buch veröffentlichen: **www.tredition.de**

Eigene Buchreihe oder eigenen Verlag gründen

Seit 2009 bietet tredition sein Verlagskonzept auch als sogenanntes "White-Label" an. Das bedeutet, dass andere Unternehmen, Institutionen und Personen risikofrei und unkompliziert selbst zum Herausgeber von Büchern und Buchreihen unter eigener Marke werden können. tredition übernimmt dabei das komplette Herstellungs- und Distributionsrisiko.

Zahlreiche Zeitschriften-, Zeitungs- und Buchverlage, Universitäten, Forschungseinrichtungen u.v.m. nutzen diese Dienstleistung von tredition, um unter eigener Marke ohne Risiko Bücher zu verlegen.

Alle Informationen im Internet: **www.tredition.de/fuer-verlage**

tredition wurde mit mehreren Innovationspreisen ausgezeichnet, u. a. mit dem Webfuture Award und dem Innovationspreis der Buch Digitale.

tredition ist Mitglied im Börsenverein des Deutschen Buchhandels.

Dieses Werk elektronisch lesen

Dieses Werk ist Teil der Gutenberg-DE Edition DVD. Diese enthält das komplette Archiv des Projekt Gutenberg-DE. Die DVD ist im Internet erhältlich auf **http://gutenbergshop.abc.de**

Zeitfracht Medien GmbH
Ferdinand-Jühlke-Straße 7
99095 Erfurt, Deutschland
produktsicherheit@kolibri360.de